Henry James and the Art of P...

A Study on the Revision of The Portrait of a Lady

亨利·詹姆斯与修订的艺术

——《一位女士的画像》修订版研究

刘艳君　熊　莉◎著

吉林大学出版社

长春

图书在版编目（CIP）数据

亨利·詹姆斯与修订的艺术：《一位女士的画像》修订版研究 / 刘艳君, 熊莉著. -- 长春：吉林大学出版社, 2020.8
ISBN 978-7-5692-6999-4

Ⅰ. ①亨… Ⅱ. ①刘… ②熊… Ⅲ. ①詹姆斯(James, Henry 1843-1916)—小说研究 Ⅳ. ①I712.074

中国版本图书馆 CIP 数据核字(2020)第 169063 号

书　名　亨利·詹姆斯与修订的艺术——《一位女士的画像》修订版研究
　　　　HENGLI·ZHANMUSI YU XIUDING DE YISHU
　　　　——《YI WEI NÜSHI DE HUAXIANG》 XIUDING BAN YANJIU

作　者　刘艳君 熊莉 著
策划编辑　卢 婵
责任编辑　卢 婵
责任校对　刘 丹
装帧设计　汤 丽
出版发行　吉林大学出版社
社　址　长春市人民大街 4059 号
邮政编码　130021
发行电话　0431-89580028/29/21
网　址　http://www.jlup.com.cn
电子邮箱　jdcbs@jlu.edu.cn
印　刷　广东虎彩云印刷有限公司
开　本　787 毫米×1092 毫米　1/16
印　张　10
字　数　140 千字
版　次　2021 年 7 月　第 1 版
印　次　2021 年 7 月　第 1 次
书　号　ISBN 978-7-5692-6999-4
定　价　80.00 元

序　言

　　浪漫主义强调诗歌是作家情感的自然流露，文学作品是天才灵感的产物。因此，对于19世纪早期的美国作家来说，创作灵感第一次呈现在纸上的形式就是最完美最完整的，重新修订已出版的作品违背了创作的自发性的浪漫主义信仰。然而，随着印刷技术和出版业的发展，纸张成本的降低以及对版权的保护，作家对文本修订的态度也发生了变化。到了20世纪初期，现代主义作家，如詹姆斯·乔伊斯（James Joyce）、埃兹拉·庞德（Ezra Pound）、马塞尔·普鲁斯特（Marcel Proust），热衷于对已出版的文本在结构和长度上进行大规模的修订，从而使自己与快速和模式化生产的庸俗作家进行区隔。在19世纪末20世纪初的美国，评论家对文本修订仍然存有争议，有的评论家反对修改文本，认为对出版作品的干涉损害了作品的完整性，而亨利·詹姆斯认为文学创作应该是一种漫长的不断完善的过程，他追求小说艺术的完美形式，接受了对早期文本进行大规模修订的挑战。而詹姆斯文本修订的美学价值和意义长期以来受到了国内外学者的忽视。

亨利·詹姆斯在英美文学史上占有重要地位。詹姆斯是一位过渡性人物，他的创作生涯横跨维多利亚晚期至第一次世界大战，对现实主义和现代主义文学的发展都做出了巨大的贡献。詹姆斯在继承和发展现实主义文学的同时，又提出了现代主义小说艺术的理论，探索了现代主义小说的表现手法和创作技巧。在詹姆斯的晚年时期，纽约版选集的出版，为他提供了重新审视小说技艺、表达小说创作美学原理，以及深化文学大师形象的机会。对早期作品的修订为詹姆斯提供了过去自我与现在自我、传统作家与现代作家对话的空间。本书以"亨利·詹姆斯与修订的艺术"为主题，对詹姆斯纽约版选集的修订进行文本考据，考察修改痕迹和文本变化的规律。《一位女士的画像》是探究这一主题的理想的分析案例。这部小说被普遍认为是亨利·詹姆斯杰作之一，于1881年在英国和美国发行第一版单行本，1908年詹姆斯又对其进行了最广泛的修订，涉及了词语、句子、风格、修辞、叙述等各个层面。《一位女士的画像》在文本修订层面的丰富性为我们进一步理解詹姆斯的小说创作理论提供了丰富的材料。同时，两个版本的发行相隔了四分之一世纪，通过对人物、技巧和主题的对比，可以更有效地理解詹姆斯创作的心路历程以及早期和晚期风格的变化，有助于我们动态地看待詹姆斯文学理论和创作技巧的发展和革新。

目　录

绪 论

亨利·詹姆斯（Henry James，1843—1916 年）是美国文学史乃至世界文学史上最伟大的小说家之一。他的作品卷帙浩繁，共出版了 22 部小说、112 篇中短篇故事、15 部戏剧以及大量的非小说类作品，包括传记、游记、艺术和文学评论等。亨利·詹姆斯的文学生涯从美国内战末期一直延续到第一次世界大战，他的小说风格涵盖了现实主义、自然主义、印象主义和现代主义。詹姆斯的小说以其敏锐的心理洞察力和对欧美社会的现实主义描写而独具一格。他被普遍认为是 19 世纪现实主义文学的代表作家之一。詹姆斯认为小说是一种再现生活的艺术，强调"一部小说之所以存在，其唯一的理由是它确实试图表现生活"[①]，他认为"予人以真实之感是一部小说的至高无上的品质"[②]。然而，不同于其他现实主义作家，詹姆斯谴

① 亨利·詹姆斯：《小说的艺术》，载《小说的艺术：亨利·詹姆斯文论选》，朱雯等译，上海译文出版社，2001，第 5 页。

② 亨利·詹姆斯：《小说的艺术》，载《小说的艺术：亨利·詹姆斯文论选》，朱雯等译，上海译文出版社，2001，第 13 页。

责简单和肤浅地模仿社会生活，他主张作家应该反映人类心理的复杂意识。詹姆斯对人物心理活动的细致描写被后人称为"心理现实主义"，对20世纪"意识流小说"的发展产生了深远影响。同时，詹姆斯是现代主义文学的先驱。他在小说和短篇故事中对限知视角、内心独白、隐喻、象征等技巧的运用为20世纪现代主义小说的发展和创新铺平了道路。

此外，詹姆斯在小说理论方面的成就也引人注目。詹姆斯从小就阅读、评论和学习美国和欧洲国家的文学经典著作，在文学的阅读和实践中逐渐形成了自己的创作和批评理念，建立了一整套小说理论体系，力图将小说创作提升到艺术的高度。由此，詹姆斯被奉为现代小说理论的奠基人。他的小说理论散见于大量的作家评论、批评文章、序言、笔记、信件，以及以"文学生活"为主题的中短篇故事中。在这些浩如烟海的材料中，詹姆斯对当时英国、美国、法国、俄国重要作家及其作品发表了精彩的评论；表达了小说艺术性，创作自由、作家自律的主张；探索了"视角""意识中心""场景法"等创作技巧；他强调个人作品的整体统一性；他关注道德、哲学、文化与小说的关系；试图解决作家与读者、艺术与生活的问题。詹姆斯对文学理论和实践做出了重大贡献，影响了一大批小说家和文学理论家，如约瑟夫·康拉德（Joseph Conrad）、詹姆斯·乔伊斯（James Joyce）、弗吉尼亚·伍尔夫（Virginia Woolf）、格雷厄姆·格林（Graham Greene）、多萝西·理查德森（Dorothy Richardson）等作家都从亨利·詹姆斯的创作中汲取了小说技巧和美学思想。詹姆斯作为一个跨越维多利亚时代和现代文学的过渡人物，为小说的发展做出了巨大的贡献，他精致的品味、对艺术的追求，使他被奉为文学艺术的"大师"。

詹姆斯同样也是一位追求完美的艺术家。就像他的短篇小说《中年岁月》（ "The Middle Years", 1893）中的主人公丹康比（Dencombe）一样，痴迷于完美的形式，是一个"充满激情的修正者，风格的指引者"①，丹康比的理想是"秘密出版，然后，在出版的文本上，对自己进行可怕的修改，他总是为了子孙后代，甚至为了那些可怜的收藏者，牺牲第一版，开启第二版"②。詹姆斯一直都有修订文本的习惯，特别是他的小说在杂志连载后，都会经过修订后再以书籍的形式出版。例如，詹姆斯对 1885 年至 1886 年《世纪杂志》（*The Century Magazine*）上连载的《波士顿人》（*Bostonians*）和 1886 年麦克米伦（Macmillan）公司出版的三卷本的《波士顿人》进行了多处修改；在《波因顿的战利品》（*The Spoils of Poynton*，1897）首次以书籍形式出版前，詹姆斯对期刊连载版本做了 1200 处改动，甚至修改了小说的名字，原名为《旧东西》（*The Old Things*）。詹姆斯作为严肃的小说艺术家，对艺术形式的完美追求、对文本修订的兴趣在他创作生涯的最后阶段得到了最充分的体现。20 世纪初，在他完成最后一部长篇小说《金碗》（*The Golden Bowl*，1904）后，詹姆斯着手对他出版过的大部分作品进行重新修订，并于 1907 年至 1909 年期间出版了共 24 卷本的《亨利·詹姆斯小说和故事选集》（*The Novels and Tales of Henry James*）。先前，对于以书籍形式出版的小说和故事的修订，詹姆斯大部分采用的是局部替换，并只在字词或短语层面进行修改，而不是句子层面。与之前的修订不同的是，詹姆斯在纽约版选集中，对他的作品，特别是早期的长篇小

---

① Henry James, "The Middle Years," *The Aspern Papers and Other Stories*. Ed. Adrian Poole（Oxford：Oxford University Press, 1983）. p. 144.

② Henry James, "The Middle Years," *The Aspern Papers and Other Stories*. Ed. Adrian Poole（Oxford：Oxford University Press, 1983）. p. 144.

说，如《罗德里克·哈德森》（*Roderick Hudson*，1875）、《美国人》（*The American*，1876）、《一位女士的画像》（*The Portrait of A Lady*，1881）进行了大量的修改。

亨利·詹姆斯以及他笔下的严肃作家热衷于对小说进行美学上的修订，这主要受 19 世纪晚期英美国家图书印刷和出版条件，以及大众文学市场的影响。一方面，技术的进步为文本修订提供了经济和物质基础。造纸术的革新大大降低了纸张的成本，提高了图书的发行量，方便了作者起草初稿；印刷机和铸排机的改进降低了印刷和排版的成本，加快了印刷速度，推动了英美图书和期刊出版数量的爆炸式增长；随着大众读者数量的增加，出版商积极鼓励作者发行第二版和后续版本，以吸引读者的兴趣，获得更大的经济利益；打字机的使用改变了作者写作的方式，整齐的排版为作者提供了更多的修改空间。另一方面，在 19 世纪的美国，印刷技术的发展和造纸技术的进步，使得文本可以大规模机械性复制生产，廉价读物应运而生。这些批量生产的廉价读物往往是未经修改的、质量低下的快消品。而廉价小说的作者为获取更多的商业利益，普遍追求作品的多产。例如，小约瑟夫·E. 巴格（Joseph E. Badger, Jr.）通常一周之内完成一部 8 万字的小说；普兰提斯·英格拉汉姆（Prentiss Ingraham）"一天写出一部 5 美分的小说，5 天写完一部 10 美分的小说"，在 19 世纪 60 年代末到 90 年代之间，小霍雷肖·阿尔杰（Horatio Alger, Jr.）完成了大约 400 部小说，"这只算廉价小说作者的平均水平"。① 对于这些廉价小说的作者来说，

---

① 理查德·H. 布罗德黑德：《美国文学领域（1860—1890）》，载萨克文·伯科维奇主编《剑桥美国文学史（第三卷）》，蔡坚等译，中央编译出版社，2010，第 19 页。

写作已经成为一种工业化的劳动，其价值在于生产性，作品的数量远比质量重要。相对而言，作家对作品耐心地修改象征着艺术家对完美的追求，而不是快速生产，从而使修订的文本与通俗文学之间存在区隔。

对于亨利·詹姆斯而言，19世纪晚期美国的物质和经济条件为他提供了修订的便利，但修订文本仍然需要投入大量的时间和精力。在1897年雇用第一位打字员之前，詹姆斯所有的小说和短篇故事都是手写的，对文本的修改只能在首次出版后才有可能实现。詹姆斯开始雇用打字员后，更是延长了小说写作的时间，因为他仍然对修改文本保持激情，只不过在小说出版之前就可以边创作边修改打字稿。为了追求完美，詹姆斯晚期小说《金碗》的创作经历了漫长的过程，虽然多次遭受出版商的催促，但詹姆斯还是按照自己的节奏，努力"以如此完美的方式完成每一寸"[1]。同样，詹姆斯在修订过程中也追求完美。纽约版的修订从1905年开始，花费了詹姆斯四年的时间，对他来说，是一种"长期而投入的劳动"[2]。正如詹姆斯所强调的，"事情本身就需要时间——需要强有力和坚持不懈的手段"[3]。他认为"一部好的小说是经过长期劳动、反思和奉献的作品；绝不是一份即兴的无准备的交易品"[4]。在詹姆斯看来，一部杰作是作家经过深思熟虑、反复推敲的艺术，而不是套用公式娱乐大众的商品。他拒绝任何未经修改

---

① Philip Horne, *Henry James and Revision：the New York Edition*（Oxford：Clarendon Press, 1990）, p. 16.

② Michael Anesko, "Friction with the Market", *Henry James and the Profession of Authorship*（New York：Oxford University Press, 1986）, p. 162.

③ Leon Edel（ed.）, *Henry James Letters Vol. 4*（Cambridge：Belknap Press, 1984）, p. 193.

④ Henry James, "Bayard Taylor," *Literary Criticism Vol.* Ⅰ：*Essays on Literature, American Writers, English Writers*. Ed. Leon Edel（New York：The Library of America, 1984）, p. 625.

的、"粗俗的、不负责任的再版"①。詹姆斯对完美艺术的追求，对小说严肃性的强调，使他获得了符号资本，成为高雅文学的代表。而他对作品（无论是小说还是短篇故事）进行的密集而精致的修订成为了作品严肃性和完整性的标志，从而与市场上快速生产的商业写作区隔开来。

尽管纽约版在商业上没有取得成功，但修订文本的过程为亨利·詹姆斯提供了重新审视自己小说技艺的机会，修订的内容揭示了詹姆斯小说创作的美学原理，是詹姆斯艺术生命的延伸。因此，对詹姆斯纽约版选集的修订进行文本考据，考察修改痕迹和文本变化的规律，有助于我们动态地看待詹姆斯思想的发展和变化。正如在《罗德里克·哈德森》的序言中，詹姆斯指出，对文本的重读和修订"标志着一位艺术家在相当长时期内所做出的连续不断的努力，和他的整个写作意识的成长，而且，更为重要的是，也许标志着上述努力和成长本身具有的增强的趋势"②。本书将关注詹姆斯纽约修订版的美学含义，通过对比分析《一位女士的画像》的早期版本和后期纽约修订版之间在人物描绘、叙述技巧和主题渲染上的变化，进一步理解詹姆斯小说艺术的思想和理论。

本书以亨利·詹姆斯的长篇小说《一位女士的画像》为研究案例，主要出于以下考虑：

《一位女士的画像》是亨利·詹姆斯早期创作生涯中最具代表意义的作品，被认为是美国小说的杰作之一。《一位女士的画像》也是詹姆

---

① Richard P. Blackmur（ed.），*The Art of the Novel：Critical Prefaces*（New York：Charles Scribner's Sons，1934），p. 338.

② 亨利·詹姆斯：《〈罗德里克·哈德森序言〉》，载《小说的艺术：亨利·詹姆斯文论选》，朱雯等译，上海译文出版社，2001，第262页。

斯自己最喜爱的作品之一，他在给好友托马斯·萨金特·佩里（Thomas Sergeant Perry）的信中激动地说道："这个故事一旦完成，将会是我所有作品中最好的。"[①] 评论家约翰·海伊（John Hay）在 1881 年 12 月 25 日的《纽约论坛报》（New York Tribune）发表了一篇书评，赞扬了《一位女士的画像》的文学成就表现在"意图的严肃性""对范围和材料的轻松掌握""持久而自然的尊严和优雅的风格"，以及"清晰的概念和准确的人物描写"[②]。他认为，"这本书的重要性是毋庸置疑的。它肯定会成为当今时代最著名的书籍之一。我们不应该把它与那些肤浅而短暂的娱乐文学做比较，而应该把它与那些致力于研究这个时代的社会状况和我们文明的道德方面的最重大、最严肃的想象作品做比较"[③]。F. R. 利维斯（F. R. Leavis）后来在《伟大的传统》（The Great Tradition，1948）中也将《一位女士的画像》置于"英语语言的最伟大的小说之列"[④]，并且认为这部作品代表了詹姆斯的"天才活力得到最为充分而自由发挥的时期"[⑤]。总的来说，《一位女士的画像》一经发表就受到了广泛的关注，普遍被认为是詹姆斯早期创作生涯的巅峰之作，由于不像后期作品那样过分晦涩难懂，这部小说至今仍受读者的喜爱。

《一位女士的画像》的创作始于 1879 年亨利·詹姆斯游历意大利期

[①] Leon Edel（ed.），*Henry James Letters Vol. 2*（Cambridge：Belknap Press，1975），p. 335.

[②] John Hay，"Review of 'The Portrait of a Lady'，"*Henry James and John Hay：The Record of a Friendship.* Ed. George Monteiro（Providence：Brown University Press，1965），p. 69.

[③] John Hay，"Review of 'The Portrait of a Lady'，"*Henry James and John Hay：The Record of a Friendship.* Ed. George Monteiro（Providence：Brown University Press，1965），pp. 75—76.

[④] F. R. 利维斯：《伟大的传统》，袁伟译，生活·读书·新知三联书店，2009，第 209 页。

[⑤] F. R. 利维斯：《伟大的传统》，袁伟译，生活·读书·新知三联书店，2009，第 211 页。

间，于 1880 年首次以连载的形式出版。1880 年 10 月至 1881 年 11 月在《麦克米伦杂志》（*Macmillan's Magazine*）上连载发表，1880 年 11 月至 1881 年 12 月在《大西洋月刊》（*Atlantic Monthly*）上连载发表。1881 年底，詹姆斯对连载版本进行整理，以书籍的形式在大西洋两岸出版。在此期间，詹姆斯对小说书籍形式的出版做了一些细微的修改，如梅尔夫人（Madame Merle）的名字从"杰拉尔丁"（Geraldine）改成了"赛琳娜"（Serena），以及消除了一些印刷错误，除此之外，并无较大改动。① 直到四分之一个世纪之后，詹姆斯为纽约"查尔斯·斯克里布纳的儿子们"出版社（Charles Scribner's Sons）准备《亨利·詹姆斯小说和故事选集》的出版时，对 1881 年版本的《一位女士的画像》进行了大量且密集的修订，于 1908 年作为纽约版选集的第三卷和第四卷出现。詹姆斯对早期作品都进行了较大的修订，以《罗德里克·哈德森》和《美国人》为例，1905 年，詹姆斯重写了《罗德里克·哈德森》的部分段落，但是他仅仅将几千字的段落删减为大约两百个单词；詹姆斯修订《美国人》时，改变了整部小说的时间安排，引用了口语，简化了对话，以及做了其他文体上的改动。尽管如此，亨利·詹姆斯对《一位女士的画像》的修订是最广泛的，涉及了词语、句子、风格、修辞、叙述等各个层面。在 1906 年 6 月 12 日写给"查尔斯·斯克里布纳的儿子们"出版社的信中，詹姆斯自己也承认对《一位女士的画像》的复杂修改花费了他大量的时间和精力，在修订过程中，出于对完美的追求，这一工作虽然"比我天真地梦想的要慢"，但是"实际

---

① 由于詹姆斯对《一位女士的画像》的首次出版书籍所做的改动很少，"修订版"一般指纽约版。

上更有益"，詹姆斯确信他对《一位女士的画像》的修订"一定会给它带来一种新的生机，使它获得它可能仍然普遍渴望的那种生机"①。《一位女士的画像》在文本修订层面的丰富性为我们进一步理解詹姆斯的小说创作理论提供了丰富的材料。

亨利·詹姆斯研究的历史在西方已有百年之余，其经典地位虽早已确立，但当下对他的研究仍十分兴盛。特别是 20 世纪 80 年代后，随着西方文学和文化批评理论的发展，大量新理论和新方法被引入詹姆斯研究之中，如结构主义、心理分析、叙事学和符号学、现象学、西方马克思主义、解构主义批评、性属研究、文化批评等，詹姆斯研究呈现多元化的局面。21 世纪以来，西方学者对詹姆斯的研究更是呈现跨学科的趋势，将亨利·詹姆斯研究与社会学、语言学、哲学、建筑学、绘画和电影等领域结合，更加系统和全面。国内对詹姆斯的研究始于20 世纪 80 年代，随着我国对西方文学的引入与研究的全面展开，詹姆斯研究在我国外国文学界成为一门显学。国内学者对詹姆斯的研究主要集中于"国际主题""心理现实主义"以及文学理论研究，并取得了丰硕的研究成果。

然而，亨利·詹姆斯对纽约版选集所做的大量的修订在很大程度上被读者和批评家所忽视。纽约版詹姆斯选集出版后并未引起评论界的关注。20 世纪四五十年代开始，随着形式主义和新批评的盛行，詹姆斯的作品成为文学内部研究的热点，批评的注意力转向了詹姆斯美学，

---

① Leon Edel（ed.）, *Henry James Letters Vol. 4*（Cambridge: Belknap Press, 1984）, pp. 408—409.

重点关注文本中的语言、修辞、意象、形式技巧和修辞模式等。马西森（F. O. Matthiessen）在詹姆斯的百年诞辰之际出版了《亨利·詹姆斯：主要阶段》（*Henry James：The Major Phase*），对詹姆斯后期主要作品进行了细致的分析。其中，《画家的海绵和清漆瓶》（"The Painter's Sponge and Varnish Bottle"）一文列举了詹姆斯对《一位女士的画像》中人物的修订。①马西森意在引起批评界对修订版的重视。1948 年，约翰·S.卢卡斯（John S. Lucas）在博士毕业论文中分析了亨利·詹姆斯对短篇小说的修订。②1975 年，罗伯特·D. 班贝克（Robert D. Bamberg）编辑的诺顿评论版的《一位女士的画像》在附录中整理了小说 1881 年版和纽约版文字的不同之处，为学者对两个版本进行对比分析提供了便利。③1987 年，詹姆斯·杰拉尔德·墨菲（James Gerald Murphy）的毕业论文对詹姆斯的四部小说《罗德里克·哈德森》《美国人》《一位女士的画像》和《卡萨玛茜玛公主》（*The Princess Casamassima*）的修订进行了分析。④菲利普·霍恩（Philip Horne）于 1990 年出版了《亨利·詹姆斯与修订：纽约版》（*Henry James and Revision：The New York Edition*）一书，第一次对纽约修订版这

① F. O. Matthiessen, "The Painter's Sponge and Varnish Bottle," *Henry James：The Major Phase*（New York：Oxford University Press, 1944）, pp. 152—186.

② John S. Lucas, "Henry James' Revisions for His Short Stories"（Diss., University of Chicago, 1948）.

③ 本书对于 1881 年版《一位女士的画像》文本的引用全部来自此书的"文本变体"（Textual Variants）部分，具体参见 Robert D. Bamberg（ed.）, *The Portrait of a Lady：An Authoritative Text, Henry James and the Novel, Reviews and Criticism*（New York：W. W. Norton & Company, 1995）, pp. 495—575.

④ James Gerald Murphy, "An Analysis of Henry James's Revisions of the First Four Novels of the New York Edition"（Diss ., University of Delaware, 1987）.

一主题进行了详细的研究，补充了詹姆斯修订纽约版这一事件的传记材料，审视了詹姆斯对特定作品的修改，如长篇小说《罗德里克·哈德森》《美国人》和《一位女士的画像》，中篇小说《黛茜·密勒》（*Daisy Miller*）和《阿斯彭文稿》（*The Aspern Papers*），以及短篇小说《大师的教诲》（"The Lesson of the Master"）。[①]1995 年大卫·麦克沃特（David McWhirter）编撰的文集《亨利·詹姆斯的纽约版：作者身份的建构》（*Henry James' s New York Edition：The Construction of Authorship*）[②]收录了 14 篇文章，运用解构主义、新历史主义、读者反应等批评方法，对纽约版的序言、插图和出版背景等进行了全面的解读，将詹姆斯及其纽约版置于历史文化的语境，揭露了一个复杂的、多面的詹姆斯形象。然而，在中国，詹姆斯对纽约版的修订仍未引起学者的关注，文章寥寥无几，张禹九于 1987 年在《外国文学》杂志发表的《深中肯綮的修正：詹姆斯〈贵妇人的画像〉修改举隅》[③]未能引起国内学者对詹姆斯纽约修订版的讨论。

笔者在前人对《一位女士的画像》研究的基础上，考察了亨利·詹姆斯的生活经历、小说理论和作品实践之间的互动关系，试图说明 1908 年版的《一位女士的画像》是一部全新的小说。学者们对于原版和纽约版的《一位女士的画像》各有偏爱，如西德妮·克劳斯（Sydney J.

---

① Philip Horne, *Henry James and Revision：the New York Edition* (Oxford: Clarendon Press, 1990).

② David McWhirter, *Henry James' s New York Edition: The Construction of Authorship* (Stanford: Stanford University Press, 1995).

③ 张禹九：《深中肯綮的修正：詹姆斯〈贵妇人的画像〉修改举隅》，载《外国文学》，1987 年第 11 期，第 59—63 页。

Krause）比较了早期修订和纽约版修订的异同，并赞赏第二次修订的清晰性和具体性。① 相反，马尔科姆·考利（Malcolm Cowley）声称，詹姆斯的修改"仅仅使小说的风格复杂化"，晚期风格对早期作品的入侵"通常具有破坏性"。② 笔者认为 1881 年和 1908 年版的《一位女士的画像》代表了两种截然不同的文本，修订后的小说人物更加立体，技巧更加成熟，主题更加深刻，使得小说成为一个更加完整的有机体。

在《一位女士的画像》原著出版后的四分之一个世纪里，亨利·詹姆斯致力于小说艺术理论和实践的发展。当修订纽约版时，正值詹姆斯文学创作的成熟时期，他已经被奉为"文学大师"，艺术力量也达到了顶峰。文本修订的过程实际上是年轻的詹姆斯和年老的詹姆斯、作为作家的詹姆斯和评论家的詹姆斯之间的对话，为詹姆斯提供了将其小说理论与实践相结合的契机。因此，对比早期和晚期《一位女士的画像》两个版本的变化，有助于我们考察亨利·詹姆斯早期和晚期创作风格的差异，研究詹姆斯在漫长的四分之一世纪期间思想上和小说技巧上的改变。

---

① Sydney J. Krause, "James's Revisions of the Style of *The Portrait of the Lady*, " *American Literature*, Vol. 30（1958）: 67—88.

② Malcolm Cowley, "The Two Henry James, " *New Republic*, February 5, 1945, p. 178.

第一章　从学徒走向大师

　　亨利·詹姆斯的传记作家利昂·埃德尔（Leon Edel）认为，詹姆斯的写作生涯大致可分为三个时期[①]。在 1865 年至 1882 年的早期，詹姆斯因为他的"国际主题"小说而享誉大西洋两岸。在《美国人》《黛茜·密勒》《罗德里克·哈德森》等早期作品中，《一位女士的画像》被普遍认为是最好的一部。他写作生涯的第二阶段是从 1882 年到 1900 年，在此期间，詹姆斯结束了他的"国际主题"，尝试创作新的主题，如政治性小说、自然主义小说、艺术家主题、儿童主题和超自然故事。詹姆斯经历了作品销量惨淡、戏剧创作失败以及小说技巧的试验。在最后一个时期，也就是埃德尔所说的"主要阶段"，詹姆斯创作了三部伟大的小说，如《奉使记》（The Ambassadors, 1903）、《鸽翼》（The Wings of the Dove, 1902）和《金碗》，代表了他艺术的成熟。

　　从 1881 年亨利·詹姆斯出版《一位女士的画像》，到 1905 年他开始

---

　　① Leon Edel, *Henry James*（Minneapolis: University of Minnesota, 1960）, p. 17.

为纽约版选集重新修订作品，在这大约四分之一世纪的时间里，詹姆斯经历了戏剧性的一生。对早期作品的修订涉及对同一对象的两种想象，过去和现在。当詹姆斯对过去的文本重新阅读和修订时，他参与了对过去的重新解读，与过去建立联系，而詹姆斯的人生经历不可避免地会对文本修订产生影响，因此，有必要考察詹姆斯的职业生涯和传记信息，研究詹姆斯思想和技巧的变化。本章主要梳理亨利·詹姆斯的生活经历以及职业生涯的发展，考察詹姆斯如何从一位年轻作家发展为成熟的"文学大师"。

第一节　声名鹊起

亨利·詹姆斯出生于纽约市一个富有的知识分子家庭，优越的物质和精神生活为詹姆斯日后成为一代文学大师奠定了基础。他的父亲老亨利·詹姆斯（Henry James，Sr.）是一位哲学家和神学家，是拉尔夫·沃尔多·爱默生（Ralph Waldo Emerson）的亲密朋友，与布朗森·奥尔科特（Bronson Alcott）和亨利·大卫·梭罗（Henry David Thoreau）一起，是新英格兰著名的先验论者。詹姆斯没有受过系统的学校教育，他跟随家庭教师在日内瓦、伦敦、巴黎和波恩学习，从小热爱戏剧、阅读小说、参观画廊和博物馆。这种"自由且舒适的教育模式"使得詹姆斯拥有自我判断、自我感知生活的能力，赋予他"一双善于发现细节、描绘景色的眼睛，以及感官意识"[①]。詹姆斯12岁开始随父母游历欧洲，深受欧洲文化底蕴的熏陶，后来多次往返于美国和欧洲之间，对19世纪末美国和欧洲社会都有细致的

---

① Leon Edel, *Henry James: A Life*（New York: Harper & Row, Publishers, 1985）, p. 37.

观察。富裕的生活、非传统的教育，以及游历欧洲的见闻，使詹姆斯能够从教条中解放出来，对世界保持好奇和批判性的警觉。亨利·詹姆斯能够流利地使用各国语言，自如地研究各种文化和艺术，知识的广博和思想的自由使得他成为一位世界主义者。詹姆斯的文学生涯始于 1864 年，此后詹姆斯开始为《北美评论》（*North American Review*）、《国家》（*Nation*）等高雅刊物撰写书评。同时，也在《大西洋月刊》（*Atlantic Monthly*）、《银河系》（*The Galaxy*）等杂志上发表短篇故事。詹姆斯通过广泛阅读美国、英国、法国、俄国著名作家作品，看到了各国文学作品以及小说批评的优点和不足，形成了自己小说批评的风格和理念。受霍桑、乔治·艾略特、莫泊桑等作家的影响，詹姆斯也开始尝试小说的创新。

1870 年，亨利·詹姆斯的表妹敏妮·坦普尔（Minny Temple）去世，年仅 24 岁，表妹对詹姆斯的创作产生了非凡的影响。敏妮·坦普尔是一位自由、活泼的美国女孩，曾经剪过短发，甚至比男孩的头发还要短。林德尔·戈登（Lyndall Gordon）指出，在那个时代，"女人的头发被视为至高无上的荣耀"[1]。在詹姆斯看来，敏妮的自由与无畏、对思想的渴望、率真的个性，是天真的美国少女的代表。当她感到自己的命运日益受到威胁时，她意识到"我们每个人终究都要独立于他人，活出自己的人生"[2]。敏妮去世后，詹姆斯为她感到惋惜，在给哥哥威廉·詹姆斯（William James）的信中写道："她失去了光明和青春，走向衰落和死亡……好像还

---

[1] Lyndall Gordon, *A Private Life of Henry James*: *Two Women and His Art*（New York: W. W. Norton & Company, 1998）, p. 29.

[2] F. O. Matthiessen, *Henry James*: *The Major Phase*（New York: Oxford University Press, 1944）, p. 45.

没有达到自己的目的，没有在这个世界上站稳脚跟，没有以她那光辉灿烂的榜样鼓励我前进。"① 对于詹姆斯来说，敏妮是他的"榜样"，并为他带来了创作灵感，激励着詹姆斯不断地创作"国际主题"小说，书中的男女主人公成为詹姆斯对失去和爱情、青春和才华的悲剧性失败的永恒隐喻。詹姆斯把她看作一个自由的灵魂，"她是对欧洲的粗鄙、英国的妥协和传统的反抗———一株纯粹美国生长的植物"②。敏妮·坦普尔作为聪明的、自由的、天真的、才华横溢的美国年轻女孩的形象，经常出现在詹姆斯的小说中，如《一位女士的画像》中的伊莎贝尔·阿彻尔（Isabel Archer），《黛茜·密勒》的主人公黛茜·密勒（Daisy Miller），以及《鸽翼》中的米莉·希尔（Milly Theale）。詹姆斯希望通过艺术的形式纪念敏妮的灵魂。詹姆斯在给格雷斯·诺顿（Grace Norton）的信中也承认伊莎贝尔·阿彻尔是在敏妮肖像的基础上进行创作和完善的："我把她放在心里，放在女主人公身上，我对她非凡的性格有着相当深刻的印象。但这不是肖像。可怜的敏妮本质上是不完整的；我试图让我的年轻女人更丰满，更完美。事实上，生活中的每个人都是不完整的；这是艺术的标志，在复制它们的时候，人们感觉到想要充实它们，证明它们是正确的。"③ 敏妮·坦普尔为詹姆斯带来了丰富的创作灵感，但詹姆斯在敏妮的基础上发展了很多女性形象，詹姆斯对女性人物以及她们的生活和心理意识的敏锐描写给读者留下了深刻的印象。

---

① Leon Edel（ed.），*Henry James Letters Vol. 1*（Cambridge：Belknap Press，1974），p. 224.

② Leon Edel（ed.），*Henry James Letters Vol. 1*（Cambridge：Belknap Press，1974），p. 228.

③ Alfred Habegger，*Henry James and the "Woman Business"*（Cambridge：Cambridge University Press，1989），p. 126.

年轻的詹姆斯立志要成为一位艺术家，为美国文学提供更多的素材。他在《论霍桑》（*Hawthorne*）中列举了美国社会文明和文化的贫瘠：

> 我们可以一一列举出那些在别的国家里存在的、高度发达的文明所具有的"文物制度"，而它们在美国社会的生活中却难觅踪迹，直至我们会惊讶地想，美国到底还有什么……我们没有君主，没有王室，没有欧洲意义上个人的忠诚感，没有贵族，没有教士，没有军队，没有外交部门，没有乡绅，没有宫殿，没有城堡，没有封建领地，没有年代悠久的乡间别墅，没有牧师的老屋，没有茅草覆顶的村居或布满常青藤的废墟，没有大教堂，没有修道院，没有小小的诺曼人的礼拜堂，没有伟大的大学和英国式的公学——没有牛津，没有剑桥，没有伊顿和哈罗，没有文学，没有小说，没有博物馆，没有绘画，没有政治阶层，没有在野外专事游乐运动的人群，真可说是一无所有！①

亨利·詹姆斯试图从欧洲文明中寻找文学价值。1872 年 5 月，詹姆斯再次横渡大西洋，游览了英国、法国、德国、瑞士等欧洲国家。1875 年，詹姆斯根据自己 1872 年至 1874 年在欧洲旅行 14 个月期间的见闻和故事整理出版了游记《跨大西洋见闻录》（*Transatlantic Sketches*），同年也出版了短篇故事集《热情的朝圣者》（*A Passionate Pilgrim*）以及长篇小说《罗德里克·哈德森》，在文学界初露锋芒。1875 年，詹姆斯再次前往法国，

---

① Henry James, *Hawthorne*（London: Macmillan, 1909）, p. 43.

识了许多有影响力的作家，包括伊凡·屠格涅夫（Ivan Turgenev）、爱弥儿·左拉（Emile Zola）、居伊·德·莫泊桑（Guy de Maupassant）、古斯塔夫·福楼拜（Gustave Flaubert），并参加沙龙聚会。在此期间，詹姆斯开始创作《美国人》，并于1876年6月在《大西洋月刊》连载。小说《美国人》就是以巴黎为背景，描述了一位白手起家的富有的美国商人克里斯托弗·纽曼（Christopher Newman）在法国上层社会的遭遇。

1876年12月，亨利·詹姆斯逃离巴黎，决定定居伦敦，开始积极参与伦敦的社交生活，观察英国文化和生活的方方面面，结识了很多同时代的艺术家和文人，如罗伯特·布朗宁（Robert Browning）、沃尔特·佩特（Walter Pater）、马修·阿诺德（Matthew Arnold）等，与诗人艾德蒙·高斯（Edmund Gosse）和插画家乔治·杜·莫里耶（George Du Maurier）成为朋友。伦敦生活为詹姆斯提供了广泛的创作素材，丰富了詹姆斯的思想与文字。在这些日子里，詹姆斯创作了一系列"国际主题"的作品，相继在大西洋两岸问世。如在英国《康希尔杂志》（Cornhill Magazine）连载的《黛茜·密勒》，1878年的《欧洲人》（The Europeans）以及1880年的《华盛顿广场》（Washington Square）中都不同程度地探讨了欧美文化的冲突。

《黛茜·密勒》是亨利·詹姆斯销量最好的小说之一。这部中篇小说围绕着一位美丽而富有的美国女孩黛茜·密勒展开。黛茜与她的哥哥和母亲一起周游欧洲，遇见了年轻但欧洲化的美国同胞温特伯恩（Winterbourne）。他们之间的浪漫爱情受到了欧洲贵族对美国女孩的偏见的阻碍。欧洲人以及欧洲化的美国人认为天真、热情、大胆、率直的黛茜粗俗和轻浮，她与异性交往时的行为违背了欧洲传统社会的礼仪，使黛茜的声誉受到质疑，并导致了悲剧的结局。正如亨利·詹姆斯自己所言，"这个故事的整个思想是一个小小的悲剧，一个轻盈、瘦弱、自然、毫无戒心的生物被牺牲了"①。《黛茜·密勒》出版后詹姆斯声名大振，受到了大西洋两岸的广泛关注。随着《黛西·密勒》的成功，詹姆斯很快意识到公众喜欢他的国际故事，尤其是美国年轻女孩在欧洲的故事，正如埃德尔指出的，詹姆斯发现了美国女孩是"一种社会现象，一个事实，一种类型"②。在1881年出版的《一位女士的画像》中，詹姆斯将"美国女孩"这一主题发展得更加成熟，为他迎来了事业的高潮。詹姆斯早期的写作主要以"国际主题"为主，詹姆斯作为跨大西洋作家，思想能够超越国界的限制，深刻地体会到英美文化的碰撞与冲突。此外，詹姆斯广泛游历欧洲的经验以及与文人圈的交流，也为他的文学成就奠定了基础。

亨利·詹姆斯的成功离不开绅士阶层的支持。在某种程度上，他早期出版的方便来自他在文学界的人脉：威廉·迪恩·豪威尔斯（William Dean Howells）、詹姆斯·拉塞尔·洛威尔（James Russell Lowell）、查尔斯·艾略特·诺顿（Charles Eliot Norton）和埃德温·劳伦斯·戈德金（Edwin Lawrence Godkin）都是他父亲的朋友。受父亲声誉的影响，高雅杂志的编辑和出版商对年轻的詹姆斯赞誉有加，为他提供了美学试验的自由空间。例如，在豪威尔斯担任《大西洋月刊》编辑的十年里，詹姆斯在此期刊上就发表了31篇短篇故事、书评和游记，连载了《罗德里克·哈德森》《美国人》和《一位女士的画像》。正如埃勒里·赛

① Leon Edel, *Henry James*（Minneapolis：University of Minnesota Press，1960），p. 18.
② Leon Edel, *Henry James*：*The Conquest of London 1870－1883*（London：Rupert Hart-Davis，1962），p. 310.

德维克（Ellery Sedwick）指出的，《大西洋月刊》从一开始就"有意识地反对当时盛行的文学说教和感伤主义小说，支持美国地方主义和现实主义的早期发展"①。詹姆斯早期作品中的现实主义和反传统倾向，以及抵制商业对审美的侵犯的态度，受到了高质量月刊和精英读者的欢迎。《纽约时报》（New York Times）评论詹姆斯是"文化的产物，是对文明社会观察的结果，这个社会是在一个天生敏锐、善于接受、但又十分挑剔的头脑中运作的"②。威廉·迪恩·豪威尔斯在一篇著名的文章中给予了詹姆斯重要的评价，赞扬詹姆斯的"国际主题"小说"创造了丰富的诗歌效果"③，他将詹姆斯列为美国小说的榜样，"是他在塑造和指导美国小说"④。同时，豪威尔斯也肯定了詹姆斯在小说中对人物心理和动机的细致描写，认为詹姆斯"是一个非常伟大的文学天才……总的来说，他的风格比我认识的任何其他小说家都要好"⑤。詹姆斯以他的文雅、渊博的知识、优秀的头脑，以及对新旧大陆文明和文化的敏锐观察和丰富经验，赢得了文学界的赞誉。

第二节　中年岁月

1881 年《一位女士的画像》的成功标志着亨利·詹姆斯早期创作阶段

---

① Ellery Sedgwick, "Henry James and the Atlantic Monthly: Editorial Perspectives on James's 'Friction with the Market'," *Studies in Bibliography*, Vol. 45（1992）：313.

② Kevin J. Hayes（ed.）, *Henry James*：*Contemporary Reviews*（Cambridge：Cambridge University Press, 1996）, p. 3.

③ William Dean Howells, "Henry James, Jr.," *The Century*, Vol. 25, No. 1（1882）：27.

④ William Dean Howells, "Henry James, Jr.," *The Century*, Vol. 25, No. 1（1882）：28.

⑤ William Dean Howells, "Henry James, Jr.," *The Century*, Vol. 25, No. 1（1882）：28.

的结束。詹姆斯接下来的中年生活充满了戏剧性和曲折。

重新认识欧美文化是亨利·詹姆斯中年生活的转折点之一。1881年11月底，《一位女士的画像》在杂志上连载接近尾声时，亨利·詹姆斯回到美国探望家人，此时的他已经在大西洋两岸享有盛名。第二年1月下旬母亲去世，詹姆斯刚回到英国，就收到父亲病危的消息，被召回了波士顿，直到詹姆斯安排好父亲的后事之后，1883年8月再次横渡了大西洋回到伦敦。在此期间，詹姆斯几次往返于新旧大陆，对英美文化的冲突有了新的理解。他得出结论，美国的工业扩张是扁平的，缺乏个性，而英国人也不是一个有审美意识的民族：

> 他们没有自发的艺术生活；他们的品味是一种良知、反省、和责任，而在我们这个时代，最能打动他们的艺术的代表作家，却把他的请求建立在道德标准的基础上——只谈对与错……在他们试图培养审美的过程中，总是有一种奇怪的成分，要么是不适当的道歉，要么是夸大的蔑视。他们在自己宽阔的脊背上背着一座无名的风俗和偏见的大山，一团由无知和恐惧构成的乌云，给坦率而t自信的艺术实践投下了阴影。[①]

渐渐地，亨利·詹姆斯放弃描写美国人的纯真，开始厌倦"国际主题"。詹姆斯曾给哥哥威廉写了一封反思信，信中说他"对整个'国际'思维状态感到极度厌倦"，对英美世界差异的坚持变得"越来越无聊

---

① Leon Edel, *Henry James: A Life* (New York: Harper & Row, Publishers, 1985), p. 281.

和迂腐"①。从那以后，他作品的道德内容发生了变化。詹姆斯放弃了美国人在道德上优于欧洲人的信念，发现他们的天真只是一种无知。他放弃了国际主题，即美国人的天真与欧洲人的老练之间的对比。

1884年，亨利·詹姆斯发表了著名的文章《小说的艺术》（"The Art of Fiction"），作为对小说家沃尔特·贝赞特（Walter Besant）在皇家学院发表的同一题目演讲的回应，文章集中体现了詹姆斯对于小说的艺术性、小说的有机论、小说与现实的关系、文学与道德，以及作家的自律和自由等方面的看法。在文章中，詹姆斯肯定了贝赞特将小说视为一门艺术的观点。詹姆斯的目的是为小说正名，将小说当作一种严肃的艺术形式，他认为"小说是一个在自由和严肃方面都可以和文学领域中的任何一个别的门类媲美的文学分支"②。《小说的艺术》试图将小说提升到艺术的高度，以提高小说家的权威地位。然而，詹姆斯反对贝赞特建立一套小说写作规范和公式的主张。沃尔特·贝赞特认为小说像绘画、雕塑一样，是一种有规则和方法可循的艺术，"这些规则，如和谐法则、透视法则、比例法则一样，可以被精确地制定和传授"③。詹姆斯主张作家必须享有完全的自由，批判了贝赞特对小说人物描写、冒险情节、真实经历、道德说教等方面的限制。他认为不能为了追求真实，就完全否定虚构。相反，恰当地运用虚构与想象，能更好地表现现实生活。要创作出一部好的小说，需要不断积累个人经验，也需要合理的联想和想象。对他来说，必须让艺术家自己决

---

① Leon Edel（ed.），*Henry James Letters Vol. 3*（Cambridge: Belknap Press, 1980），p. 244.

② 亨利·詹姆斯：《小说的艺术》，载《小说的艺术：亨利·詹姆斯文论选》，朱雯等译，上海译文出版社，2001，第9页。

③ Walter Besant，*The Art of Fiction*（Boston: Cupples, Upham and Company, 1885），p. 3.

定主题，"艺术的领域涵盖了全部的生活，全部的感受，全部的观察，全部的想象"①。《小说的艺术》在詹姆斯小说理论和英美文学小说理论发展中占有重要的地位，该文也成为了学术界詹姆斯小说理论研究的重要文本。马丁·克雷斯沃思（Martin Kreiswirth）认为《小说的艺术》这篇文章是詹姆斯文学批评生涯中的转折点，自此以后，"詹姆斯从原来的综述评论转向文学批评，并开始关注新的读者群体以及自己和这些群体的关系"，詹姆斯致力于"创造一个新的阅读消费群体、新的小说读者，使他们相信小说不仅是一种严肃的艺术形式，而且随着新的小说技巧的出现，小说艺术可以调整读者的阅读品味"。②蒋晖也将这篇文章看作现代主义文学的宣言，"奠定了英美小说理论形式主义传统"③。亨利·詹姆斯在《小说的艺术》中提出的心理现实主义的著名论断，以及小说艺术的宣言，指引了詹姆斯以及现代主义作家小说创作的原则，奠定了詹姆斯在小说批评史上的重要地位。

与此同时，亨利·詹姆斯对政治社会一直很关注。在两次因父母相继去世而被传唤回到波士顿时，詹姆斯意识到报纸上"充斥着妇女选举权协会的活动"④。回到伦敦时，詹姆斯目睹了 19 世纪 80 年代英国无政府主

---

① 亨利·詹姆斯：《小说的艺术》，载《小说的艺术：亨利·詹姆斯文论选》，朱雯等译，上海译文出版社，2001，第 23 页。

② 马丁·克雷斯沃思：《亨利·詹姆斯》，载迈克尔·格洛登等主编《霍普金斯文学理论和批评指南》（第 2 版），王逢振等译，外语教学与研究出版社，2011，第 848 页。

③ 蒋晖：《英美形式主义小说理论的基石：亨利·詹姆斯的〈小说的艺术〉》，载《清华大学学报（哲学社会科学版）》，2014 年第 29 卷第 1 期，第 89 页。

④ Charles R. Anderson，"Introduction，" *The Bostonians*（London：Penguin Books，1984），p. 18.

义的暴力，以及工人阶级的贫困与绝望，詹姆斯开始创作政治主题的小说。1885 年，在与妹妹爱丽丝·詹姆斯（Alice James）一起去伯恩茅斯（Bournemouth）疗养期间，詹姆斯继续创作《波士顿人》，并且构思了《卡萨玛茜玛公主》。《波士顿人》是一部有关新英格兰改革者的现实主义长篇小说。故事的女主人公是一位迷人的励志演说家维丽娜·塔兰特（Verena Tarrant），生来就与"旧废奴主义者、唯心论者、先验论者联系在一起"①。故事情节讲述了北方女权主义者奥莉芙·钱塞勒（Olive Chancellor）和南方保守主义者巴兹尔·兰塞姆（Basil Ransom）之间为了维丽娜的忠诚和爱而展开的斗争：奥莉芙想要争取她的支持，巴兹尔想让她成为一个传统的妻子。和《波士顿人》一样，《卡萨玛茜玛公主》也以政治为中心主题。这是詹姆斯长篇小说中唯——部描写工人阶级生活的作品。主人公海辛特·罗宾逊（Hyacinth Robinson）是一位装订工人，从小被贫穷的女裁缝抚养长大。在成长过程中，他看到了社会的不公造成的人类苦难，当他被卷入激进分子的圈子时，发誓要暗杀人民的敌人。但是当卡萨玛茜玛公主将他带入艺术、高贵和美丽的世界中时，他对自己的事业失去信心，陷入了痛苦的两难境地。在这两部小说中，詹姆斯为读者描绘了一幅现实而细致的波士顿女权主义者和一位伦敦激进分子的肖像，是詹姆斯对"自然主义"小说的尝试。然而，《波士顿人》和《卡萨玛茜玛公主》在大西洋两岸都受到了评论家们的猛烈抨击，同时也没有获得商业上的成功。马克·吐温（Mark Twain）表明不愿忍受《波士顿人》

---

① F.O. Matthissen and Kenneth B. Murdock（eds.），*The Notebooks of Henry James*（New York：Oxford University Press，1947），p. 46.

的"单调乏味"①，威廉·詹姆斯也警告弟弟他可能会"让渴望更多东西而不是艺术的绝大多数读者敬而远之"②。

亨利·詹姆斯在文学市场上遭受了大众读者的冷遇，这促使他开始构思长篇小说《悲剧的缪斯》（*The Tragic Muse*，1889），这也是詹姆斯在中年时期创作的最后一部长篇小说。这次他把主题转向了艺术世界。小说有两条支线，一条支线是一位年轻的画家尼克·多默（Nick Dormer）放弃了议会的工作，继续投身于艺术，成为了一名肖像画家。另一支线是戏剧演员米里亚姆·鲁斯（Miriam Rooth）面临着成为外交官夫人（意味着放弃演艺事业）与继续留在舞台上的抉择。最后两人都选择了坚持他们的艺术事业。这部小说反映了詹姆斯中年时期在发展大众读者时的挫败感，探讨了艺术家的兴趣与社会职责之间的冲突，正如他自己在序言中所描述的，表现"艺术与'世俗'的冲突"③，是他小说创作的若干首要动机之一。然而《悲剧的缪斯》的销量更加惨淡，甚至在1890年以书籍的形式出版后的10年间都没有卖出1000本。④

《悲剧的缪斯》的结束标志着亨利·詹姆斯职业生涯另一个重要阶段的开始。1890—1895年是詹姆斯的挫败时期，也是戏剧创作时期。《波士

---

① Roger Gard，*Henry James*：*The Critical Heritage*（New York：Barnes and Noble，1968），p. 156.

② Roger Gard，*Henry James*：*The Critical Heritage*（New York：Barnes and Noble，1968），p. 160.

③ Richard P. Blackmur（ed.），*The Art of the Novel*：*Critical Prefaces*（New York：Charles Scribner's Sons，1934），p. 70.

④ Ellery Sedgwick，"Henry James and the Atlantic Monthly：Editorial Perspectives on James's 'Friction with the Market'，" *Studies in Bibliography*，Vol. 45（1992）：321.

顿人》《卡萨玛茜玛公主》和《悲剧的缪斯》并没有给詹姆斯带来预期的收入和关注，而是巨大的经济压力。1890年，《悲剧的缪斯》在《大西洋月刊》结束了连载，编辑将小说视为杂志的沉重负担，开始拒绝詹姆斯的长篇小说。詹姆斯自己也宣布决定将精力投入戏剧作品和短篇小说的创作中，"我永远不想再写长篇小说了，我已经郑重地致力于熟练掌握短篇小说的技巧，重拾我早期的爱好"①。事实上，父亲死后，作为遗产执行人的詹姆斯将自己继承的遗产全部给了生病的妹妹爱丽丝，1883年起，詹姆斯的经济收入完全依赖写作获取的稿费。19世纪80年代，詹姆斯的作品在商业上遭受的巨大失败，使得他的生活十分拮据，詹姆斯开始尝试戏剧创作。他在给好友罗伯特·路易斯·史蒂文森（Robert Louis Stevenson）的信中诉说了自己投身戏剧的原因："不要苛责我——残酷的贫困之手扼住了我，我的生活越来越简单，越来越节制，靠文学赚不到钱，我得想其他办法。我的书卖不出去，看来我的剧本可能还行。所以，我打算厚颜无耻地写六个剧本。"②对他来说，进行戏剧创作是体面的和有利可图的，是他的经济困境的解决方案。他想通过戏剧赚钱补贴生活，同时也想赢得更多的观众，因为比起小说，戏剧可以直观地看到观众的反应，享受观众对作者名字的呼喊，同时，戏剧表演可以更直接地与受众交流，作品的生产与消费在同一时间同一场地达到一致。

亨利·詹姆斯的第一个戏剧实验是把《美国人》改编成剧本。1890年他

---

① 亨利·詹姆斯：《亨利·詹姆斯书信选集》，师彦灵译，甘肃人民出版社，2016，第182—183页。

② 亨利·詹姆斯：《亨利·詹姆斯书信选集》，师彦灵译，甘肃人民出版社，2016，第178—179页。

至 1892 年，《美国人》在舞台上赢得了热烈的掌声。《美国人》戏剧版的演出使詹姆斯初次尝试到了戏剧成功的滋味，尽管如此，他的戏剧事业却每况愈下，他在这段时间写的其他剧本都失败了，没有被搬上舞台。1895 年 1 月 5 日，在翻修过的圣詹姆斯剧院的开幕之夜，詹姆斯经历了他所说的"我一生中最可怕的时刻"①。在他的戏剧《盖伊·多姆维尔》（Guy Domville）的最后一场演出结束后，观众的嘲笑声、嘘声和咆哮声接踵而至，使詹姆斯深受打击。《盖伊·多姆维尔》演出失败使得詹姆斯更加深刻地认识到了大众的愚蠢、粗俗和野蛮。在 1895 年 1 月 9 日写给威廉·詹姆斯的信中，詹姆斯认为自己的作品"精美、独特、人性与艺术兼具"②，却遭到了不公平的待遇。他将自己的失败归因于大众品味的庸俗，"所有看戏的普通观众都不想看有难度的剧（想象丰富、风格各异的剧），就像他们不喜欢看难懂的书和故事一样。他们只喜欢一类戏剧，他们的视野刻板、不成熟，缺乏灵活性，只认他们以前看过的那种"③。尽管他的剧本在接下来的四周里得到了评论家们的积极回应，詹姆斯还是决定放弃他的戏剧实验。

19 世纪 90 年代，亨利·詹姆斯的戏剧生涯并不顺利。更糟糕的是，他的生活也充满悲剧。1892 年 3 月 5 日，他亲爱的才华横溢的妹妹爱丽丝·詹姆斯在伦敦去世。朋友们也相继去世，老友詹姆斯·拉塞尔·洛威尔于 1891 年 9 月去世，1894 年，康斯坦斯·费尼莫尔·伍尔森小姐（Constance

---

① Phillip Horne（ed.），*Henry James：A Life in Letters*（London：The Penguin Press，1999），p. 275.

② 亨利·詹姆斯：《亨利·詹姆斯书信选集》，师彦灵译，甘肃人民出版社，2016，第 202 页。

③ 亨利·詹姆斯：《亨利·詹姆斯书信选集》，师彦灵译，甘肃人民出版社，2016，第 204 页。

Fenimore Woolson）在威尼斯自杀，年底又传来了史蒂文森离世的消息。1894 年对詹姆斯来说是痛苦的一年，家庭成员和朋友的死亡给了詹姆斯一种深深的孤独感，用詹姆斯自己的话来说，是一种"绝对的忧伤"[1]，他自身也遭遇了流感和痛风。这一时期的詹姆斯开始创作一些哥特式的超自然故事以及死亡主题的短篇小说。如短篇故事《死者的祭坛》（"The Altar of the Dead"），收录在短篇小说集《终结》（*Terminations*，1895）中，探讨了主人公如何努力保持对死去的朋友的记忆，以避免他们在日常事务的匆忙中被完全遗忘。这是一个关于生死意义的寓言故事，充满了孤独、颓废、痛苦、偏执和世纪的终结的氛围。

此外，亨利·詹姆斯中年时期长篇小说的失败和曲折的戏剧实验，使他产生了深深的挫败感和失落感。1895 年 1 月 22 日，詹姆斯感到非常沮丧，向豪威尔斯写道："在过去很长一段时间里，我觉得自己陷入了万劫不复的境地——每一个迹象或标志都表明了我在任何地方、任何人的眼中都是最不受欢迎的，我已经彻底失败"[2]。然而，这段职业危机为詹姆斯提供了新的创作灵感。在 19 世纪 90 年代中期，詹姆斯创作了一批艺术主题的短篇小说。如《真品》（"The Real Thing"，1892）、《私人生活》（"The Private Life"，1892）、《格雷维尔·费恩》（"Greville Fane"，1892）和《中年岁月》，以及发表在英国先锋派文艺杂志《黄面志》（*The Yellow Book*）上的三篇故事——《雄狮之死》（"The Death of the Lion"，1994）、《考克森基金》（"The Coxon Fund"，1994）和《下

---

[1]　Kenneth Graham, *Henry James: A Literary Life*（New York: St. Martin's Press, 1995），p. 122.

[2]　Michael Anesko（ed.），*Letters, Fictions, Lives: Henry James and William Dean Howells*（Oxford: Oxford University Press, 1997），p. 298.

一次》（"The Next Time"，1895）。这些短篇小说反映了 19 世纪晚期艺术家（主要是作家）所面临的职业困境，描绘了被市场和大众读者抛弃的天才，被大众宣传机构毁灭的大师，迷失于世俗世界的艺术家，以及渴望第二次机会的作家，等等。詹姆斯在这些短篇小说中批判了大众读者对严肃文学的漠视，揭露了文学创作和批评的庸俗化，表达了对作家使命的感悟。

《盖伊·多姆维尔》的演出失败意味着亨利·詹姆斯戏剧创作的结束，詹姆斯决定告别舞台，远离市场的声音，回归小说艺术的创作。他意识到剧院是一个使人容易被庸俗玷污的"黑暗的深渊"，詹姆斯感慨道："谢天谢地，还有另一种形式的艺术。"[1] 詹姆斯在信中描述的另一种艺术形式就是小说艺术。正如威廉·迪恩·豪厄尔斯提醒他的那样，詹姆斯实际上是个小说家，而不是剧作家。[2] 尽管经历了剧院的挫折，詹姆斯还是振作起来了，带着充足的信心回到了小说创作中。在《盖伊·多姆维尔》惨败后不到三周，他在笔记上写道："广阔、完整和崇高的未来仍然是开放的。现在是时候做我可以为之奉献一生的工作了。"[3] 事实上，早在两年前，当詹姆斯在舞台上受挫时，他仍然对小说抱有信心。1893 年 5 月 7 日写于卢塞恩国家旅馆（Lucerne National Hotel ）的一篇笔记中，表明了他想重拾小说的愿望：

很长一段时间以来，我一直担心这种戏剧性的、无法形容

---

[1]　Phillip Horne（ed.），*Henry James：A Life in Letters*（London：The Penguin Press，1999），p. 276.

[2]　Leon Edel，*Henry James：A Life*（New York：Harper & Row，Publishers，1985），p. 433.

[3]　F.O. Matthissen and Kenneth B. Murdock（eds.），*The Notebooks of Henry James*（New York：Oxford University Press，1947），p. 179.

的戏剧形式，但现在我有了一些中间的日子，在此期间，我想把我的笔浸入另一种墨水中——小说的神圣液体。在延误、失望、可怕的戏剧行业的绝望中，我记得还有文学耐心地坐在我的门前，没有什么比这更令人宽慰了，我只需打开门闩，就能让那精致的小式体进入我的内心，毕竟，它是最接近我的内心的，而我还远远没有做到。我让它进来，过去勇敢的时光又回来了；我又一次活了下来——我在竖立给我的小小文学纪念碑上又添了一块。尺寸无关紧要——一个人必须耕种自己的花园。我要多创作小说——并且做得完美：那就是避难所，收容院。①

在尝试戏剧的绝望的日子里，短篇小说的创作赋予了亨利·詹姆斯勇气和动力。对于詹姆斯来说，小说创作是神圣的避难所，在此詹姆斯可以自由地追求完美的艺术形式。尽管他的戏剧之旅被证明是失败的，但他没有被击垮，仍然感受到了创作能量的复苏。詹姆斯把那些痛苦和等待看作是修炼的过程和宝贵的一课。实际上，戏剧对詹姆斯后期的作品产生了很大的影响，并帮助他成为一个更成熟的艺术家。

在这一时期，亨利·詹姆斯影响最大的就是亨利克·易卜生（Henrik Ibsen）的戏剧。詹姆斯高度赞扬易卜生，说易卜生是"他自己艺术的大师"②。1943 年，奥斯丁·沃伦（Austin Warren）评论了易卜生在詹姆斯最后时期

---

① Leon Edel and Lyall H. Powers（eds.），*The Complete Notebooks of Henry James*（New York：Oxford University Press，1987），pp. 76—77.

② Leon Edel，*Henry James：A Life*（New York：Harper & Row，Publishers，1985），p. 405.

小说中可能产生的影响，即其严密的技巧和象征意义。[①]赫伯特·爱德华（Herbert Edwards）在他的文章《亨利·詹姆斯与易卜生》（"James and Ibsen"）中也讨论了易卜生对詹姆斯后期创作的影响，认为易卜生给詹姆斯的启示比巴尔扎克（Balzac）、歌德（Goethe）、福楼拜和屠格涅夫等大师的启示更为重要。[②]易卜生对詹姆斯后期小说产生的第一个深刻影响就是"场景法"（scenic method），这一点在詹姆斯笔记中得到了证明。1896年12月21日，詹姆斯写道："我意识到——当然不是很快地意识到——场景法是我的绝对的、必须的、唯一的救赎……就我的倾向而言，场景法是我唯一可以信任的，能够坚持行动方向的写作方法。"他继续写道，"一两天前（作为证据）我读了易卜生那本精彩的《约翰·加布里埃尔》（*John Gabriel*），**我最终并且永远**明白了这一点！"（黑体为原文标记）[③]此外，受易卜生的影响，后来的詹姆斯诉诸象征主义。1893年，在《论建筑大师》（"On the Occasion of The Master Builder"）中，詹姆斯评论道，"这一切的混合的现实和象征意义"使我们"在易卜生的作品中看到了易卜生"。[④]詹姆斯认识到象征主义的力量，它赋予作品以深度和丰富性。在詹姆斯晚期的杰作中，他开始简化他早期小说的基本结构，阐述意识的戏剧，对心理意识的描写"由现实主义的表层向强

[①] Austin Warren, "Myth and Dialectic in the Later Novels," *Kenyon Review*, Vol. 5（1943）: 551—568.

[②] Herbert Edwards, "James and Ibsen," *American Literature*, Vol. 24（1952）: 208—223.

[③] James E. Miller, Jr.（ed.）, *Theory of Fiction*: *Henry James*（Lincoln: University of Nebraska Press, 1972）, p. 180.

[④] Leon Edel, *Henry James*: *A Life*（New York: Harper & Row, Publishers, 1985）, p. 405.

化隐喻和象征的方向发展"①。

亨利·詹姆斯从戏剧知识中受益，并决心在接下来的作品中采用戏剧性的手法，创造戏剧张力。戏剧舞台为他提供了新的技术，这些技术在他后来的作品中得到了应用。马西森还把这一戏剧性的时期称为"对他后来的发展产生最有价值影响的实验"②。利昂·埃德尔在《亨利·詹姆斯戏剧全集》（The Complete Plays of Henry James）中也认为詹姆斯五年的戏剧经验为他提供了小说创作的新技能，正是在这五年之后，詹姆斯才"完整而自觉地运用了场景法"③。詹姆斯在 1896 年 1 月 14 日的笔记中反思到，在过去五年时间他"以它迂回曲折、极其昂贵的方式"，学会了一种"神圣的场景（the Scenario）原则的叙事计划"。④ 在早期，詹姆斯倾向于通过创造一个描述性的静态环境，把一个故事作为一种绘画形式来讲述，而在职业生涯的后期，他开始强调场景和对话的戏剧性张力。在舞台上安排他的故事时，詹姆斯使用了"场景交替"的方法，让场景在没有画外音介入的情况下自我解释，在后来的小说中，詹姆斯也采用类似舞台的方法，"通过场景将情节戏剧化地呈现给读者，让读者自己去感知去判断"⑤。例

① Emory Elliott（ed.），Columbia Literary History of the United States（New York：Columbia University Press，1988），p. 687.

② F. O. Matthiessen，Henry James：The Major Phase（New York：Oxford University Press，1944），p. 8.

③ Leon Edel（ed.），The Complete Plays of Henry James（New York：Oxford University Press，1991），p. 65.

④ Leon Edel and Lyall H. Powers（eds.），The Complete Notebooks of Henry James（New York：Oxford University Press，1987），p. 116.

⑤ J. W. Beach，American Fiction：1920–1940（New York：Macmillan Company，1941），p. 54.

如赋予小说戏剧性的结构；使用非个性化的作者，减少作家叙述者的干预；让情景自己展示，动作自己执行；主要通过对话展开故事等，将材料客观呈现。

回归小说后，亨利·詹姆斯开始进行实验性的写作，并最终形成了自己的晚期创作风格。在这些实验性小说中，《尴尬年代》（*The Awkward Age*，1899）运用了夸张的艺术形式。这部小说以 10 个场景为背景，通过一系列精心设计的在不同房间和花园中的对话，从叙事的角度极大地推动了情节的发展。小说几乎完全由戏剧对白构成，解释性叙述有限，作家叙述者没有发表任何评论。詹姆斯戏剧性场景的运用，使读者的注意力限定在故事内人物的语言及其暗示性上，而不是故事外的作者声音。这是一部发人深省的著作，它迫使读者放慢速度，通过分析仔细思考所发生的事情。因此也招致了许多读者的不满，一位评论家写道："亨利·詹姆斯先生的语言和思想的冗余围绕着他后期的小说作品，这种无法摆脱的混乱从未像他的最新小说《尴尬年代》那样糟糕。"[1]此外，《梅西所知道的》（*What Maisie Knew*，1897）是詹姆斯另一部对小说创作技巧进行大胆的戏剧性试验的经典作品。詹姆斯在小说中发展了第三人称有限视角的叙述手法，将意识中心聚焦于梅西，通过一个孩子的眼睛描绘成人世界。读者跟随梅西的意识以及视觉体验，逐渐理解发生在她周围的事情。梅西是一个敏感而敏锐的孩子，她的意识超越了她的年龄，而故事的戏剧性张力就取决于梅西观点的转变，从纯真到快速感

---

[1] Kevin J. Hayes（ed.），*Henry James*：*Contemporary Reviews*（Cambridge：Cambridge University Press，1996），p. 323.

知和理解成人世界。正如詹姆斯在序言中表明的，小女孩的意识必须"作为印象的记录而呈现出来"①，而正是这些通过梅西的意识所呈现出的困惑的、扭曲的画面能够提供"更深层次的讽刺"②。亨利·詹姆斯通过这部小说讽刺了成年世界的自私与虚伪对儿童的危害，展示了"19世纪中期资本主义社会的腐朽生活和西方文化的现代性本质"③。詹姆斯在小说实验时期对戏剧技巧的运用以及叙述视角的创新为晚期成熟写作风格的形成提供了宝贵的实践经验。

简而言之，亨利·詹姆斯致力于戏剧创作的时期可以总结为"不同寻常的神圣时期"④。不同寻常，因为它充满了苦难、痛苦和失败；神圣，因为戏剧实验为他晚年的成功积累了技术资源和想象力。

第三节　创作晚期

回归小说后，亨利·詹姆斯在实验阶段运用了戏剧技巧，灵活地使用叙述视角和意识中心，加入象征和隐喻，发展了以复杂性和抽象性为特征的后期风格。这使得他在 1900 年到 1904 年间创作最后三部伟大的小说成为可能。《奉使记》《金碗》和《鸽翼》比前期作品更加复杂和晦涩，但

---

① Richard P. Blackmur（ed.），*The Art of the Novel*：*Critical Prefaces*（New York：Charles Scribner's Sons，1934），p. 142.

② Richard P. Blackmur（ed.），*The Art of the Novel*：*Critical Prefaces*（New York：Charles Scribner's Sons，1934），p. 141.

③ 李文娟：《小说〈梅西所知〉的双重叙事视角解析》，载《河北大学学报（哲学社会科学版）》，2018 年第 4 期，第 29 页。

④ Leon Edel，*Henry James*：*A Life*（New York：Harper & Row，Publishers，1985），p. 434.

也比以往作品更具深度和丰富性。利昂·埃德尔将 1900 年开始的詹姆斯创作晚期阶段称为"主要阶段"（major phase），并认为詹姆斯在这一阶段创作的主要的三部长篇小说"是他留给后人的最伟大的宣言"①。马西森也在《亨利·詹姆斯：主要阶段》一书中对这三部作品进行了详细的分析，并肯定了它们在詹姆斯创作生涯和现代主义小说发展中的重要地位。

面对 20 世纪的到来，亨利·詹姆斯虽回归了早期的"国际"主题，但是运用了新的语言风格和叙述技巧。《奉使记》讲述了中年的路易斯·兰伯特·斯特雷特（Lewis Lambert Strether），一位来自美国新英格兰地区的杂志编辑，奉未婚妻纽瑟姆夫人（Mrs. Newsome）的命令到巴黎执行一项任务，即将她的儿子查德（Chad）从巴黎生活中解救出来，并说服这位年轻人回美国继承家族企业的故事。在纽瑟姆夫人看来，巴黎生活是不道德和颓废的，而查德的堕落是受维奥内特伯爵夫人（Countess de Vionette）的影响。随着斯特雷特在巴黎的观察和感受，他逐渐认识到维奥内特夫人成熟又有教养，在她的影响下，查德结识了一群艺术家、作家、评论家等有思想有热情的人，变得更加文雅、成熟和稳重。最终斯特雷特自愿放弃了他的使命。虽然《奉使记》出版于 1903 年，但是詹姆斯在 1900 年至 1901 年之间创作的，是詹姆斯晚期的第一部长篇小说，也是詹姆斯本人认为最出色的作品。1900 年时，詹姆斯就在给豪威尔斯的信中宣称这部小说是"人性的，戏剧性的，国际主题的，极度'纯粹的'"②。在纽约版序言中，詹姆斯也自信地宣布《奉使记》是他的"所有作品中最好的，'全面'的

① Leon Edel, *Henry James*（Minneapolis: University of Minnesota Press，1960），p. 18.

② Michael Anesko（ed.），*Letters，Fictions，Lives: Henry James and William Dean Howells*（Oxford: Oxford University Press，1997），p. 360.

最佳作品"①。这部小说长期以来被评论家们作为詹姆斯对视角的控制以及场景法使用的最佳例证之一。詹姆斯在这部小说中使用了第三人称有限视角，将斯特雷特的视角贯穿始终，"只使用一个中心，而且始终保持在我的男主人公的意识范围之内"②。他的目的是向读者展示斯特雷特心理意识发展变化的不同阶段，保持读者对事件和人物的认知和误解与"意识中心"相平行，同时避免第一人称形式造成的松弛。当第三人称有限视角不能传递足够的信息时，詹姆斯使用了"知己"人物作为媒介，通过"意识中心"与"知己"人物的对话，向读者逐渐揭露他人的感受以及事件的真相。《奉使记》展示了詹姆斯对人类经验、感知和意识本质的复杂探索，以及这位艺术大师对内容和形式的控制。

在《鸽翼》中，亨利·詹姆斯发展了《一位女士的画像》中美国女孩在欧洲被一对情人背叛的故事。故事围绕美国女继承人米莉·希尔展开。米莉年轻、甜美、天真、自由，渴望生活，对世界充满了热情与好奇。她在欧洲遇到了聪明美丽的凯特·克罗伊（Kate Croy），凯特与一位年轻的记者默顿·丹舍（Merton Densher）坠入爱河，但当凯特得知米莉身患绝症时开始觊觎她的财富，设计默顿迎娶米莉以得到米莉的大笔遗产。然而米莉在去世前发现了这对情人对她的欺骗与背叛，凯特的阴谋开始瓦解。虽然米莉原谅了他们并仍将遗产留给了丹舍，但丹舍出于愧疚拒绝继承遗产。詹姆斯在序言中表明小说的主题是以米莉为中心，展示他人对她的态

① 亨利·詹姆斯：《〈使节〉序言》，载《小说的艺术：亨利·詹姆斯文论选》，朱雯等译，上海译文出版社，2001，第320页。

② 亨利·詹姆斯：《〈使节〉序言》，载《小说的艺术：亨利·詹姆斯文论选》，朱雯等译，上海译文出版社，2001，第328页。

度、动机以及她对周围人的影响，他希望赋予女主人公"行动的自由、选择的自由、欣赏的自由、交际的自由"①。然而，在叙事安排上，詹姆斯并没有像《奉使记》一样，他没有将主人公作为唯一的"意识中心"，而是采用了多重视角叙述的手法。故事的前半部分主要在凯特和苏珊·谢泼德（Susan Shepherd）的意识中转换，直到中间部分才转换成女主人公米莉的意识，小说的结尾部分的焦点人物主要是默顿·丹舍。正如詹姆斯所希望的，让他的"记录员"或"反映器"能够"按步骤轮流作业"②。詹姆斯深入研究了不同主要人物的心理沉思，随着叙事中心从一个聚焦者跳跃到另一个聚焦者，小说从不同人物的视角揭示信息，也展现了他们对特定事件的动机与行为。詹姆斯将米莉的死亡作为一种牺牲，揭露了人类的高贵与背叛、人性的贪婪与复杂。多重视角叙述也为读者留下了阐释的空间，小说拒绝展示米莉的临终场景，米莉留给丹舍的信被凯特烧掉了，读者永远也不知道信中的内容，读者可能会不满小说的晦涩难懂，但詹姆斯小说的主题不是揭示事实真相，而是人物对于事件的动机和感受。詹姆斯在《鸽翼》中充分发展了他后期的艺术风格，正如肯尼斯·格雷厄姆（Kenneth Graham）所言，这部小说表现出了独特的现代主义的内倾性和隐晦的间接性，它的语言和结构将"思想、情绪、场景、心理洞察力、社会意识和诗歌意象"与詹姆斯式的"媒介"融合于一体③。

---

① 亨利·詹姆斯：《〈鸽翼〉序言》，载《小说的艺术：亨利·詹姆斯文论选》，朱雯等译，上海译文出版社，2001，第 301 页。

② 亨利·詹姆斯：《〈鸽翼〉序言》，载《小说的艺术：亨利·詹姆斯文论选》，朱雯等译，上海译文出版社，2001，第 310 页。

③ Kenneth Graham, *Henry James*: *A Literary Life*（New York: St. Martin's Press, 1995）, p. 154.

《金碗》是亨利·詹姆斯晚期三部杰作中的最后一部，也是詹姆斯小说中最具争议、最具含混性和复杂性的一部。《金碗》的创作虽然经历了漫长的过程，但詹姆斯对这部作品评价甚高。詹姆斯在写作期间不断提及他正在"创作一本最好的书"①。他将《金碗》描述为"构思最好、结构最佳、最完整"的作品，"在我所有的小说中，我认为这是最可靠的"。②小说讲述了一对父女和各自的配偶之间错综复杂的关系。与《一位女士的画像》中的伊莎贝尔·阿彻尔以及《鸽翼》中的米莉·希尔不同的是，当玛吉·维尔维尔（Maggie Verver）发现丈夫阿梅里戈王子（Prince Amerigo）与继母夏洛特（Charlotte）曾经是恋人并旧情复燃后，努力赢回自己的丈夫，挽救了破裂的婚姻。玛吉也不再是天真无辜的美国女孩，她向父亲隐藏了秘密，与夏洛特维持了友谊，凭借高超的计谋和微妙的外交策略改变了丈夫的想法，并成功说服父亲与夏洛特回到美国。传记作家埃德尔认为，在《金碗》中，詹姆斯实现了欧洲人与美国人之间的融合，他们完美地结合在一起，"变得强大而持久，并拥有未来"③。在叙述手法上，詹姆斯仍然拒绝作者声音的介入，而是采用戏剧性的双重视角。詹姆斯追求结构上的对称性，小说前半部分通过阿梅里戈王子的意识记录事件，后半部分通过玛吉的视角和意识展开，而不明显表露出叙述者或作者自己的直接评论和解释，将道德审判权让给读者。将故事中的人物通过不同的视角展现在读者面前，能够使观察者本身成为被读者观察的对象，正如詹姆斯在序言中指出的，

---

① Philip Horne, *Henry James and Revision: the New York Edition* ▌Oxford: Clarendon Press, 1990), p. 17.

② Gore Vidal, *Introduction to The Golden Bowl*（London: Penguin Books, 2002）, p. 11.

③ Leon Edel, *Henry James*（Minneapolis: University of Minnesota Press, 1960）, p. 36.

这样做的优点就是"这些经验的属性在同时以同样的方式展示了有感觉的主体本身，以最简捷的方式达到理想的生动性"①。此外，詹姆斯在小说中大量使用隐喻和象征，"金碗"成为一种婚姻、财富和胜利的象征，同时也作为一种叙事手段，成为复杂的人物关系变化的焦点。

晚期的三部长篇小说奠定了亨利·詹姆斯作为现代主义文学先驱的地位。詹姆斯的小说强调个人的意识和对世界的感知，用心理意识敏锐地记录了现代世界的复杂性。同时，晚期小说在语言上也更具复杂性和含混性，语言精致，句式曲折，并大量使用隐喻和象征，将外部场景与心理活动融合在一起。20世纪初《奉使记》《鸽翼》与《金碗》的创作标志着詹姆斯的小说技巧走向了成熟，1998年，三部小说同时入选现代图书馆评选的"百佳英文小说"。

1904年完成《金碗》后，当年的夏末，亨利·詹姆斯踏上了前往美国的航程，并于8月底抵达新泽西州。他游历美国各地，被邀请做演讲，发表旅行见闻，后来他把这些见闻写成了《美国景象》（*The American Scene*，1907）。詹姆斯不仅是一位文学批评家，也是一位文化批评家，《美国景象》记录了詹姆斯重归故土后对新世界的印象，深刻地论述了詹姆斯对国家、民主、种族、移民、美学、现代性等问题的看法。正如奥登（Auden）指出的，"正是从像詹姆斯和艾略特这样的美国批评家那里，我们欧洲人学会了以一种我们自己永远也学不到的方式来理解我们的社会和文学传统"②。

---

①　Richard P. Blackmur（ed.），*The Art of the Novel*：*Critical Prefaces*（New York：Charles Scribner's Sons，1934），p. 330.

②　W. H. Auden，*Introduction to The American Scene*（New York：Charles Scribner's Sons，1946），p. XX.

1905 年 7 月，亨利·詹姆斯结束美国之旅返回英国，开始为纽约版挑选和修改小说。实际上，早在 20 世纪初，此事就已提上日程。1900 年 4 月 2 日，詹姆斯的文学经理人詹姆斯·布兰德·平克（James Brand Pinker）收到了来自斯克里布纳出版社编辑伯林盖姆（E. C. Burlingame）的一封电报，希望能够安排出版詹姆斯的作品集。此时詹姆斯正在积极创作他的长篇小说，后来因《奉使记》《鸽翼》和《金碗》的写作，出版权威作品集的事情暂时搁置了。当詹姆斯 1904 年回到美国，并忙于《美国景象》的创作时，此事又被提上了日程。詹姆斯美国之行结束前，1905 年 5 月 11 日，詹姆斯给平克写信："我想，如果我在离开这个国家的时候，我的集体版本还没有在任何程度上启动，或者还没有为它打下基础，我会感到有些遗憾。我自己对此深感无助，而且这是一个有很多话要说的问题……"[①]同年 6 月，詹姆斯对作品集有了初步的想法，给平克的信中写道，"请记住，我的想法是一本'漂亮的书'（handsome book）……我已经下定决心不包含所有的作品。我认为，最好的做法是经过精心挑选的合集。"[②]1905 年 7 月 30 日，当詹姆斯结束了美国之行，回到兰姆庄园时，亲自给查尔斯·斯克里布纳公司写了一封便函，"我一直想把我大部分的长篇小说和短篇小说整理成一个'权威版本'"，为了有所区别，詹姆斯将这一"权威版本"命名为"纽约版"，同时借此机会表达对家乡纽约的"拳拳赤子之情"。[③]

---

　　① Philip Horne, *Henry James and Revision: the New York Edition*（Oxford: Clarendon Press, 1990）, p. 5.

　　② Philip Horne, *Henry James and Revision: the New York Edition*（Oxford: Clarendon Press, 1990）, p. 5.

　　③ 亨利·詹姆斯：《亨利·詹姆斯书信选集》，师彦灵译，甘肃人民出版社，2016，第 256—257 页。

在便函中，詹姆斯还表明了自己的设想和计划，他将会对筛选出的作品进行精心修改，对词句重新润色，并撰写序言，还希望"纽约版"可以精装出版，且每卷都配有精美的卷首插图。詹姆斯为纽约版付出了宝贵的时间和精力，他花了四年时间（1905—1909年）修订他的小说和故事集，包含了詹姆斯绝大多数作品。詹姆斯效仿巴尔扎克，本打算把这些作品分成23卷。但最终，他的长篇故事没有足够的篇幅，他不得不把故事扩展到24卷。詹姆斯没有按时间顺序编辑他的作品，而是按主题排列。纽约版选集的前三部小说讲述了三个美国朝圣者去欧洲追求文明的故事。他们是《罗德里克·哈德森》中的罗德里克·哈德森，《美国人》中的克里斯托弗·纽曼和《一位女士的画像》中的伊莎贝尔·阿彻尔。从第五卷开始的小说是詹姆斯以欧洲为背景创作的，如《卡萨玛茜玛公主》《悲剧的缪斯》《尴尬年代》。詹姆斯还按照主题编排了他的中短篇小说和故事，这些中短篇小说探讨了诸如超自然、受压迫的儿童以及艺术家与社会的关系等主题。最后三部长篇小说《鸽翼》《奉使记》《金碗》又回归了国际主题，是詹姆斯晚期风格的代表作。

亨利·詹姆斯创作纽约版的目的一直广受争议。有的批评家认为詹姆斯的纽约版代表了他对市场的妥协，修订小说、增加序言和卷首插图是为了以一种新的、独特的市场形式来吸引读者，获得更多销量。正如安妮·玛戈利斯（Anne T. Margolis）所言，詹姆斯"对自己在畅销书时代的相对不受欢迎感到困惑和沮丧，并固执地痴迷于获得商业成功的想法"。① 迈克

① Anne T. Margolis, *Henry James and the Problem of Audience: An International Act*（Ann Arbor: UMI Research Press, 1985）, p. 186.

尔·阿内斯科（Michael Anesko）考察了詹姆斯与文学中介以及出版商之间的信件，揭露了詹姆斯在安排和出版纽约版时所面临的困难，以及詹姆斯与出版商之间的谈判、与市场的协商，呈现了一个具有敏锐商业头脑的作家形象。① 还有的批评家认为詹姆斯利用纽约版建构作者身份和作家权威。迈克尔·米尔盖特（Michael Millgate）将纽约版描述为一个大规模的"遗嘱行为"，是一位作家痴迷地、有时甚至是无情地塑造"自己的形象，并将其代代相传"的产物。② 在米尔盖特看来，詹姆斯试图在一个统一的身份和他自己掌握的大师叙事中重塑和巩固他的职业生涯。斯图尔特·卡尔弗（Stuart Culver）也指出精装版是 19 世纪末出版商品的流行趋势，以昂贵的价格、华丽的包装和丰富的插图来展示著名作家的全部作品。这种精装版的书籍以一种收藏品的形式"赋予了某些文化英雄以名人的身份"③，在物质上代表了作家对文化的贡献。

无论亨利·詹姆斯的动机有多复杂，纽约版独特的艺术价值不应该被忽略。虽然詹姆斯修订纽约版的部分原因是出于商业目的，如 1908 年他对诺里斯（W. E. Norris）说希望"这本书能为我赚点钱——这是我卑鄙地想要达到的圆满目标"④，1911 年，詹姆斯也写信给伊迪丝·华顿

---

① Michael Anesko, "*Friction with the Market*": *Henry James and the Profession of Authorship*  New York: Oxford University Press, 1986）.

② Michael Millgate, *Testamentary Acts*: *Browning, Tennyson, James, Hardy*（Oxford: Clarendon Press, 1992）, pp. 100—101.

③ Stuart Culver, "Representing the Author: Henry James, Intellectual Property and the Work of Writing," *Fiction as History*. Ed. Ian F. A. Bell（London and Totowa: Vision and Barnes & Noble, 1985）, p. 116.

④ 参见詹姆斯于 1908 年 1 月 30 日写给 W. E. Norris 的信件，转引于 Philip Horne, *Henry James and Revision*: *the New York Edition*（Oxford: Clarendon Press, 1990）, p. 3.

（Edith Wharton），坦白自己曾指望"这是我晚年的面包"①，但他认为他从事的是一项极具创造性和独创性的艺术。詹姆斯在给查尔斯·斯克里布纳公司的便函中明确表明，要让"修改后的作品成为独特的、绝妙的、典范性的文学瑰宝"②。虽然纽约版没有获得商业上的成功，他的修订也被批评家无情地忽视了，但詹姆斯将纽约版的完成视为一座"纪念碑"，他在1915年给高斯的信中写道："我的计划中所涉及的艺术问题是一个深刻而精致的问题，而且，正如我所认为的，得到了非常有效的解决。"③詹姆斯将文本的修订也当作一种艺术，追求完美。纽约版选集为詹姆斯提供了一个消除旧文本中的歧义，以及应用新技术、表达新观点的完美的时机。詹姆斯的修订不是选择的问题，而是"迫在眉睫的绝对必要"④。重读过去的文本使詹姆斯得以重新审视自己的技艺，正如詹姆斯在序言中指出的，修订的过程正如画师重新修补褪色的画作，借助"海绵"与"清漆"，恢复作品的价值，展示出"被掩盖的秘密"⑤。对于詹姆斯来说，修订文本可以激发作品的生命力，是作品艺术生命的延伸。

纽约版为亨利·詹姆斯提供了一个将理论和实践结合起来对自己的

---

① Millicent Bell（ed.），*Edith Wharton and Henry James: The Story of their Friendship*（New York: G. Braziller, 1965），p. 167.

② 亨利·詹姆斯：《亨利·詹姆斯书信选集》，师彦灵译，甘肃人民出版社，2016，第258页。

③ Rayburn S. Moore（ed.），*Selected Letters of Henry James to Edmund Gosse, 1882–1915: A Literary Friendship*（Baton Rouge and London, 1988），p. 313.

④ Leon Edel, *Henry James: A Life*（New York: Harper & Row, Publishers, 1985），p. 626.

⑤ 亨利·詹姆斯：《〈罗德里克·赫德森〉序言》，载《小说的艺术：亨利·詹姆斯文论选》，朱雯等译，上海译文出版社，2001，第270页。

作品进行批判性分析的机会，他在广泛修改小说和故事的同时，还撰写了序言。①在序言中，詹姆斯向读者揭示了他的创作环境、思想来源和艺术目标，以及重读自己作品所唤起的个人记忆和联想，还讨论了创作技巧，如背景设置、时间安排、视角选择，发明了"意识中心""场景转换法""知己人物"等叙述技巧。不仅如此，序言中还阐释了一系列美学问题以及詹姆斯对小说艺术的思考，如小说与道德、作家自由、艺术与生活、小说有机论等。以《一位女士的画像》序言为例，詹姆斯认为故事的根源在于人物而不是情节，应该强调人物的复杂意识，一部小说的价值取决于作者的素质。詹姆斯的序言中充满了批判性的观点，它们展现了一位艺术家的创造性和分析性的视野。1908 年 8 月 17 日给豪威尔斯的信中，詹姆斯明确阐明撰写序言的目的是"一种对批评、辨别和鉴赏的呼吁"，希望这些序言能够成为小说艺术的伟大宣言，"形成一种全面的手册，为有志于从事我们艰苦职业的人提供帮助"②。他在这些序言中所表达的文学理论为后来的形式主义和叙述学研究留下了巨大的遗产。

对于詹姆斯来说，修订即"重读"甚至"重写"。在处理文本时詹姆斯在添加细节和删除含糊不清的地方非常无情。他表示，为了恢复作品价值，他会"靠着某种奇异而精细的，某种潜在的和积聚起来的力量而穿

---

① 理查德·布莱克穆尔（Richard Blackmur）于 1934 年将 18 篇序言整理出版，并命名为《小说的艺术》，参见 Richard P. Blackmur（ed.），*The Art of the Novel：Critical Prefaces*（New York：Charles Scribner's Sons，1934）.

② Michael Anesko（ed.），*Letters，Fictions，Lives：Henry James and William Dean Howells*　Oxford：Oxford University Press，1997），p. 426.

过无数更为适当的渠道"①。特别是对早期作品，詹姆斯做了大量的语言和段落的修改，他表明，为了形式上的完善和意义上的提高，就会"毫不迟疑地去重写一个句子或整个一段话"②。值得注意的是，在重写《一位女士的画像》时，詹姆斯不仅在措辞和句子层面做了修改，例如改变了时态③，大量使用了口语和缩略语④，更偏向使用抽象名词做主语⑤，而且还改变了人物性格，运用了新的叙述技巧，以加强主题和艺术性。

到目前为止，我们对亨利·詹姆斯 1881 年版《一位女士的画像》出版前后的生活经历有了一个基本的了解。频繁的欧美之旅让他抛弃了美国人的纯真，对美国和欧洲文化有了新的认识。1890 年至 1895 年间，出于

---

① 亨利·詹姆斯：《〈金碗〉序言》，载《小说的艺术：亨利·詹姆斯文论选》，朱雯等译，上海译文出版社，2001，第 353 页。

② 亨利·詹姆斯：《〈罗德里克·赫德森〉序言》，载《小说的艺术：亨利·詹姆斯文论选》，朱雯等译，上海译文出版社，2001，第 271 页。

③ 例如，詹姆斯把第三十九章的时态从过去时改为过去完成时。参见 Robert D. Bamberg(ed.)，*The Portrait of a Lady*: *An Authoritative Text*, *Henry James and the Novel*, *Reviews and Criticism*（New York：W. W. Norton & Company，1995），pp. 555—556.

④ 亨利·詹姆斯在纽约版中大量引入缩写词。例如，他将"I have"改写为"I've"，"you are"变为"you're"，"there is"变为"there's"，"I will"成为"I'll"，"she would"改为"she'd"等。此外，在《一位女士的画像》的修订版中，詹姆斯增加一些插入语，将句子变得更加口语化，例如，"她很感兴趣也很兴奋"（she was interested and excited）变为"她很感兴趣；她自言自语地说，她的心漂浮着，无法平静"（she was interested；she was，as she said to herself，floated，p. 49）；詹姆斯用"她是个乏味的小丫头"（she's an insipid little chit, p. 236）代替了"她是个乏味的女学生"（she is an insipid schoolgirl）。更多例句参见 Sydney J. Krause，"James's Revisions of the Style of *The Portrait of a Lady*，" *American Literature*，Vol. 30（1958）：85—86.

⑤ 西摩尔·查特曼（Seymour Chatman）指出《一位女士的画像》更接近詹姆斯晚期小说的风格，在修订版中，詹姆斯更倾向于使用抽象名词或代词作为主句或从句的主语，使得语言更具抽象性。参见 Seymour Chatman，*The Later Style of Henry James*（New York：Barnes & Noble，Inc.，1972），p. 7.

艺术上的挑战和经济上的需要，詹姆斯试图通过创作剧本重新获得人气，赚取金钱。他的戏剧失败和现实生活中的挫折（家人和朋友的死亡）迫使他回归小说创作。还应指出的是，他悲惨的戏剧创作的经验和实验导致他重新审视自己的艺术观点和写作方法。在后期的作品中詹姆斯采用了戏剧技巧，创作了"主要阶段"的三篇名著，代表了他艺术创作的巅峰。正如他在《一位女士的画像》的序言中所指出的那样，小说的素材是"随着生活之流漂进我们心头的"①，从 1881 年到 1908 年，亨利·詹姆斯的经历改变了他对欧美冲突的看法，为他提供了新的小说技巧，并赋予他对生活和现实的深刻理解。而这些新的经验和思考也体现在他对《一位女士的画像》的修订中。当詹姆斯成为一个成熟的艺术大师时，对这部小说的修订也达到了成熟的程度。

在接下来的三章中，笔者将分析《一位女士的画像》1908 年纽约版中的人物、叙述技巧和主题是如何变化的，他对生活和小说艺术的重新理解是如何影响这部小说的修订的。

---

① 亨利·詹姆斯：《〈一位女士的画像〉序言》，载《小说的艺术：亨利·詹姆斯文论选》，朱雯等译，上海译文出版社，2001，第 283 页。

第二章　人物描写的变化：詹姆斯的小说有机论

亨利·詹姆斯将小说看作一个有机整体。在《小说的艺术》中，詹姆斯指出，"一部小说是一个有生命的东西，像任何一个别的有机体一样，它是一个整体，并且连续不断，而且我认为，它越富于生命的话，你就越会发现，在它的每一个部分里都包含着每一个别的部分里的某些东西"①。对于詹姆斯来说，小说的内容与形式互相渗透，密不可分，是组成小说有机整体的重要成分，不存在人物小说与情节小说、小说与传奇、形式与主题的区分。维多利亚时期的小说注重夸张的情节和冒险故事，托马斯·福斯特教授（Thomas Foster）认为这与小说的连载形式密不可分，"19 世纪小说首先依赖于情感反应"②。长时间的分期连载使得小说必须注重情节

---

① 亨利·詹姆斯：《小说的艺术》，载《小说的艺术：亨利·詹姆斯文论选》，朱雯等译，上海译文出版社，2001，第 17 页。

② 托马斯·福斯特：《如何阅读一本小说》，梁笑译，南海出版社，2015，第 238 页。

的设计。引人入胜、扣人心弦的情节，简单易懂的信息才能吸引读者。詹姆斯拒绝遵守维多利亚时期小说写作规范，他从屠格涅夫的创作中得到启示，认为小说最重要的不是情节而是鲜活的人物。一个孤立的角色能够发挥巨大的作用，围绕这个人物，作家可以想象和构思阐明人物的情境，解决人物最有可能产生和感受到的"各种复杂状况"①。詹姆斯对他小说中的人物从音容笑貌、行为举止到内心的情感变化和沉思冥想，都进行了细致入微的描写，也因为缺乏情节性使读者感到枯燥乏味。然而，詹姆斯的作品得到了严肃作家的赞赏，威廉·迪恩·豪威尔斯在评价詹姆斯时指出，"支配他的是他的人物的性格，而不是命运"②，詹姆斯追求自己的风格，豪威尔斯称之为"人物画"③（Character-painting）。詹姆斯在《一位女士的画像》的序言中也阐明，这部小说的创作萌芽"不是某个想入非非的'情节'"，而是"一个人物"④，小说所有的因素都建立在人物创造的基础上。

正如亨利·詹姆斯在序言中所述，《一位女士的画像》围绕"一个向命运挑战的少女形象"⑤展开。伊莎贝尔·阿彻尔，一个独立、聪明的美国女孩，父亲去世后跟随她的姑姑杜歇夫人（Mrs. Touchett）来到欧洲。在那里，她遇到的每个人都被她的聪明和活泼所吸引。但伊莎贝尔不想被束

① 亨利·詹姆斯：《〈一位女士的画像〉序言》，载《小说的艺术：亨利·詹姆斯文论选》，朱雯等译，上海译文出版社，2001，第 282 页。

② William Dean Howells, "Henry James, Jr.," *The Century*, Vol. 25, No. 1（1882）: 26.

③ William Dean Howells, "Henry James, Jr.," *The Century*, Vol. 25, No. 1（1882）: 28.

④ 亨利·詹姆斯：《〈一位女士的画像〉序言》，载《小说的艺术：亨利·詹姆斯文论选》，朱雯等译，上海译文出版社，2001，第 281 页。

⑤ 亨利·詹姆斯：《〈一位女士的画像〉序言》，载《小说的艺术：亨利·詹姆斯文论选》，朱雯等译，上海译文出版社，2001，第 287 页。

缚，拒绝了美国商人卡斯帕·古德伍德（Caspar Goodwood）和英国贵族沃伯顿勋爵（Lord Warburton）的求婚。表兄拉尔夫·杜歇（Ralph Touchett）对伊莎贝尔也爱护有加，在父亲去世时决定将遗产分给伊莎贝尔，希望她能够过上自由的生活。在杜歇先生病重时，伊莎贝尔认识了美丽迷人的梅尔夫人。得知伊莎贝尔意外地继承了一大笔财富后，梅尔夫人开始了一场阴谋。在佛罗伦萨，梅尔夫人向伊莎贝尔介绍了看似富有才情而怀才不遇的艺术家和收藏家吉尔伯特·奥斯蒙德（Gilbert Osmond）。伊莎贝尔被奥斯蒙德迷住，不顾众人反对与他结婚。婚后，她理想的生活逐渐破灭，奥斯蒙德逐渐暴露出了自私丑恶的本性。伊莎贝尔发现她的婚姻是奥斯蒙德与梅尔夫人合谋的结果，格米尼伯爵夫人（the Countess Gemini）也向她揭露了真相，即天真的潘茜（Pansy）是奥斯蒙德与情妇梅尔夫人的女儿。知道真相的伊莎贝尔不顾丈夫的反对前往英国探望病危的表兄，拉尔夫去世后，伊莎贝尔仍然拒绝了沃伯顿勋爵和古德伍德的追求，选择回到罗马。

这部小说深入探索了伊莎贝尔的内心生活，一步步地展示了她从天真到成熟的过程，思想与感受的变化。亨利·詹姆斯描绘了一幅伊莎贝尔的心理画像，同时，围绕伊莎贝尔的一系列人物的刻画也赋予了这部小说非凡的力量和强度。正如在《一位女士的画像》的序言中，亨利·詹姆斯认为人物先于故事，他需要的是向他的读者"表现我的人物，展示他们相互之间的关系"[①]。詹姆斯始终将小说视为一个有机整体，所有的次要人物、情节等都服务于中心人物的发展。在修订过程中也不例外。在广泛的重写

---

① 亨利·詹姆斯：《〈一位女士的画像〉序言》，载《小说的艺术：亨利·詹姆斯文论选》，朱雯等译，上海译文出版社，2001，第282页。

中,最重要的变化是伊莎贝尔·阿彻尔的性格。仔细分析1908年修订版的《一位女士的画像》,我们会发现有两个伊莎贝尔·阿彻尔,她们有着不同的性格特点和心理活动。这使得伊莎贝尔与其他人物的关系也发生了变化,即对其他人物性格的表达方式也发生了相应的变化。在修改中,伊莎贝尔变得更加聪明,她对事物的反应方式从一种模糊的感觉冲动变成了理智的分析和思考。相反,梅尔夫人和吉尔伯特·奥斯蒙德在1908年的版本中被贬低了。他们被描绘得更加恶毒,更加势利,更自私,更虚伪。此外,詹姆斯对其他次要人物,如拉尔夫和伯爵夫人也做了修改。拉尔夫对伊莎贝尔表现出更加深沉的爱,伯爵夫人变得更加戏剧化和怪诞。詹姆斯遵循小说有机论,在修订中将中心人物和次要人物的个性修改得更加鲜明。

第一节 伊莎贝尔：更加理智

学者乔尔·波特(Joel Porte)在为《一位女士的画像》一书撰写引言时指出,纽约版中伊莎贝尔·阿彻尔的性格本质保持不变,他相信1908年的伊莎贝尔"仍然保持着1881年的所有反应"[1],只不过增加了情感基调的深化。与乔尔·波特的观点不同,笔者认为这一修改造就了一个智慧而审慎的新的伊莎贝尔。首先,我们可以从亨利·詹姆斯的笔记中找到有关他写作意图的线索。他提到,《一位女士的画像》的构思是"一个可怜的姑娘,一个梦想着自由和高贵的姑娘,一个如她所相信的那样,做了一

---

[1] Joel Porte, "Introduction: *The Portrait of a Lady* and 'Felt Life'," *New Essays on The Portrait of a Lady* (Beijing: Peking University Press, 2007), p. 9.

件慷慨、自然、明达的事情的姑娘，在现实中发现自己处在常规的磨砺之中"①。在这里，"明达"（clear-sighted）这个词是不能忽视的。詹姆斯最初对伊莎贝尔·阿彻尔的设想是一位能够对事情发生的状况以及个人行动的后果有着清晰的认知，并能够做出明智的判断和决定的美国少女。

然而，1881年小说出版后，伊莎贝尔遭到了误解，小说中所呈现的伊莎贝尔是一位头脑简单并且情绪化的女孩。批评家对这一版本的评价也证实了这一点。凯特·甘内特·韦尔斯（Kate Gannet Wells）在文章《过渡时期的美国妇女》（"The Transitional American Woman"，1881）中认为伊莎贝尔"还不了解自己"，并且"她的行为往往是动机的尴尬结果，她的性格复杂，对自己的行为完全无意识"②。韦尔斯用"无意识"（unconsciously）一词指出伊莎贝尔的行为并非理智思考的结果。另一篇1882年《哈珀斯》（Harper's）杂志中的评论认为伊莎贝尔"不知不觉地"（insensibly）受到了不同环境和经历的影响③。亨利·詹姆斯利用重新修改《一位女士的画像》的机会，用智慧、洞察力和感性来重塑他的伊莎贝尔。

通过两个版本的比较，我们可以发现，亨利·詹姆斯赋予伊莎贝尔·阿彻尔的是丰富的思想而不是泛滥的感情。首先，修订版中叙述者对伊莎贝尔的描述更多地强调了她的聪慧。文本中的证据比比皆是。

---

① Leon Edel and Lyall H. Powers（eds.），*The Complete Notebooks of Henry James*（New York：Oxford University Press，1987），p. 13.

② Kate Gannet Wells，"The Transitional American Woman，"*The Atlantic Monthly*，December 1880，p. 817.

③ Robert D. Bamberg（ed.），*The Portrait of a Lady*：*An Authoritative Text*，*Henry James and the Novel*，*Reviews and Criticism*（New York：W. W. Norton & Company，1995），p. 668.

例如，在第二章中，詹姆斯描述伊莎贝尔用一双"快速感知"（quick perception）的眼睛看待事物，而在纽约版中，"快速感知"被"清晰感知"（clear perception）[1]所取代。这一变化不仅表现出了伊莎贝尔的机灵敏捷，还强调了她清醒智慧的头脑。在第二章接下来的描述中，当沃伯顿勋爵走向伊莎贝尔和拉尔夫时，她"吃惊地看着他"（rested her startled eyes on him）。但是在修订版中，詹姆斯用"更大的眼睛"（wider eyes）[2]来代替"吃惊"，以描绘伊莎贝尔思想的开阔。当伊莎贝尔收到亨丽埃塔·斯塔克波尔（Henrietta Stackpole）的来访信时，她"认为最好不要把这封信给她叔叔看"（judged best not to show this letter to her uncle）[3]，而在早期版本中，伊莎贝尔只是"没有把这封信给她叔叔看"（did not show this letter to her uncle），并没有判断的过程。詹姆斯将1908年的伊莎贝尔修改成了一位独立思考、有主见的女士，她的行为是经过深思熟虑后所做的决定，而不是头脑发热的一时兴起。在小说接近尾声的第五十三章，在从罗马到伦敦的漫长旅途中，伊莎贝尔反思了她所经历的一切。当伊莎贝尔想到梅尔夫人时，修订版提供了一个微妙的转变，从"就在这时，伊莎贝尔的想象停顿了下来"（just here Isabel's imagination paused）修改成了"就在这时，她放

① Robert D. Bamberg（ed.），*The Portrait of a Lady*：*An Authoritative Text*，*Henry James and the Novel*，*Reviews and Criticism*（New York：W. W. Norton & Company，1995），p. 26.

② Robert D. Bamberg（ed.），*The Portrait of a Lady*：*An Authoritative Text*，*Henry James and the Novel*，*Reviews and Criticism*（New York：W. W. Norton & Company，1995），p. 30.

③ Robert D. Bamberg（ed.），*The Portrait of a Lady*：*An Authoritative Text*，*Henry James and the Novel*，*Reviews and Criticism*（New York：W. W. Norton & Company，1995），p. 79.

弃了思考"（just here her intelligence dropped）①，梅尔夫人的所作所为超出了伊莎贝尔的认知范围，令她感到不可思议。在这里，詹姆斯用"智力"（intelligence）代替了"想象"（imagination），这一改变更加表明伊莎贝尔·阿彻尔是一位聪明的女士，而不仅仅是一位具有简单的创造性想象力的女士。

1908 年的伊莎贝尔是通过意识体验生活的。在修订版中，亨利·詹姆斯高频率地使用"意识"（consciousness）一词。我们来看一些直观的例子，在第六章有一段对伊莎贝尔心理意识的描写，在早期版本中，伊莎贝尔对英国的初印象使她"沉浸在幸福中"（her absorbing happiness），但想到那些比她不幸的人，这种幸福感显得有些不谦逊。在修订版中，詹姆斯修改为"她美好完整的意识"（her fine, full consciousness）②显得有些不谦逊。同样，在十二章，伊莎贝尔对"完美的人生"（a completed life）的愿景修改成了"完美的意识"（a completed consciousness）③。在第二十章，在伊莎贝尔获得意外的巨额财产后，原版写道，"他们中的一些人是相当悲观的"（it was that some of them were of a rather pessimistic cast），而在修订版中，詹姆斯改成"这种新的意识一开始对她构成一种压力"（new consciousness

---

① Robert D. Bamberg（ed.），*The Portrait of a Lady：An Authoritative Text，Henry James and the Novel，Reviews and Criticism*（New York：W. W. Norton & Company，1995），p. 465.

② Robert D. Bamberg（ed.），*The Portrait of a Lady：An Authoritative Text，Henry James and the Novel，Reviews and Criticism*（New York：W. W. Norton & Company，1995），p. 56.

③ Robert D. Bamberg（ed.），*The Portrait of a Lady：An Authoritative Text，Henry James and the Novel，Reviews and Criticism*（New York：W. W. Norton & Company，1995），p. 94.

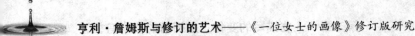

was at first oppressive）①。在第三十五章中，詹姆斯又一次强调了"意识"一词。伊莎贝尔接受了奥斯蒙德的示爱，并计划共同居住在意大利，这为她的未来提供了"美好的时光"（the beautiful hours），被修改为，这使她对未来的美好有着"高度的意识"（at a high level of consciousness of the beautiful）②。

此外，在小说的很多句子中亨利·詹姆斯都用"意识"来代替"感觉"。例如，第十七章中，伊莎贝尔"愉悦的感觉"（agreeable **sensation**）被修改为"兴奋的意识"（the glow of this **consciousness**）③，说明詹姆斯更想强调的是伊莎贝尔的意识而不是感觉（黑体为笔者标注）。后来，在第二十四章，当拜访奥斯蒙德在山顶的家时，伊莎贝尔满心欢喜，原版中，詹姆斯描述伊莎贝尔"她感到她很快乐"（she **felt** that she was being entertained），而在修订版中，伊莎贝尔"意识到了一种新的关系的开始，这种意识总是会引起她内心的激动"（she had what always gave her a very private thrill, the **consciousness** of a new relation）④（黑体为笔者标注）。当伊莎贝尔游览罗马街头时，她陷入了沉思的狂喜，詹姆斯将"各种复杂的感觉混合在一起"（her **feelings**

① Robert D. Bamberg（ed.），*The Portrait of a Lady*: *An Authoritative Text*, *Henry James and the Novel*, *Reviews and Criticism*（New York：W. W. Norton & Company, 1995），p. 182.

② Robert D. Bamberg（ed.），*The Portrait of a Lady*: *An Authoritative Text*, *Henry James and the Novel*, *Reviews and Criticism*（New York：W. W. Norton & Company, 1995），p. 297.

③ Robert D. Bamberg（ed.），*The Portrait of a Lady*: *An Authoritative Text*, *Henry James and the Novel*, *Reviews and Criticism*（New York：W. W. Norton & Company, 1995），p. 145.

④ Robert D. Bamberg（ed.），*The Portrait of a Lady*: *An Authoritative Text*, *Henry James and the Novel*, *Reviews and Criticism*（New York：W. W. Norton & Company, 1995），p. 223.

were so mingled）变成了"各种意识混杂在一起"（her consciousness was so mixed）[①]（黑体为笔者标注）。同样，在第三十五章中，伊莎贝尔"意识到"[②]而不是"感觉到"她与奥斯蒙德的爱情会招人嫉恨，会使她与他人的关系破裂。由上述例子可见，在詹姆斯重新修订小说后，对伊莎贝尔来说，生活变成了意识，对时间的感受变成了意识，幸福等感觉被意识取代，人与人之间的关系也成为了一种头脑工作的方式，总的来说，伊莎贝尔更多的是通过意识而不是感情体验生活。

其次，新的伊莎贝尔的睿智还体现在她的言行上。在对追求者的回应上，伊莎贝尔·阿彻尔从冲动变成了理智分析和思考。例如，在沃伯顿勋爵向伊莎贝尔示爱之后，詹姆斯对第十二章结尾段落的修改更能体现出伊莎贝尔的理性思考：

> 如果说是骄傲妨碍了她接受沃伯顿勋爵的求婚，那纯粹是误解。她完全清楚，她是喜欢他的，因此她敢断定不是骄傲的因素。她太喜欢他以至于不能嫁给他，这就是问题的关键，总是有种声音告诉她，她不应该满足。（1881 年版）

> 如果说是骄傲妨碍了她接受沃伯顿勋爵的求婚，这种愚蠢的话纯粹是种误解。她完全清楚，她是喜欢他的，因此她敢断

---

① Robert D. Bamberg（ed.），*The Portrait of a Lady*：*An Authoritative Text*，*Henry James and the Novel*，*Reviews and Criticism*（New York：W. W. Norton & Company，1995），p. 245.

② Robert D. Bamberg（ed.），*The Portrait of a Lady*：*An Authoritative Text*，*Henry James and the Novel*，*Reviews and Criticism*（New York：W. W. Norton & Company，1995），p. 295.

定，正是她内心的柔软，以及她清醒的理智和同情心（it was the very softness，and the fine intelligence，of sympathy）使她不能这么做。她太喜欢他以至于不能嫁给他，这就是事实。她总是感到，他在求婚上所遵循的热情洋溢的逻辑中，包含着某种错误的推理，尽管她那纤细的手指还不能指出，这是在哪一个环节上。①（1908 年版）

修订版中"理智"一词表明，伊莎贝尔拒绝沃伯顿勋爵的求婚是理性思考后的结果，并且在下文中补充了合理的理由。在给沃伯顿的信中，伊莎贝尔再次拒绝了他，"我发现我自己不能接受你做我的丈夫"（I do not fine myself able to regard you in the light of a husband），在修订版的信件中，伊莎贝尔的语气更加坚决，态度更加坚定，"我觉得我确确实实无法接受你做我的终身伴侣"（I am not，I am really and truly not，able to regard you in the light of a companion for life）②。修订版中的伊莎贝尔思想更加独立、果敢、有主见，她对奥斯蒙德的感情也很清醒，在第三十四章，当拉尔夫得知伊莎贝尔决定嫁给奥斯蒙德之后，两人发生了争吵，在修订版中，亨利·詹姆斯为伊莎贝尔增添了一段对拉尔夫的反驳："那么，你认为奥斯蒙德先生是那种类型的人？在我看来，他是如此独立，如此有个性，这就是他最大的特点。"③伊

---

① Robert D. Bamberg（ed.），*The Portrait of a Lady*：*An Authoritative Text*，*Henry James and the Novel*，*Reviews and Criticism*（New York：W. W. Norton & Company，1995），p. 102.

② Robert D. Bamberg（ed.），*The Portrait of a Lady*：*An Authoritative Text*，*Henry James and the Novel*，*Reviews and Criticism*（New York：W. W. Norton & Company，1995），p. 107.

③ Robert D. Bamberg（ed.），*The Portrait of a Lady*：*An Authoritative Text*，*Henry James and the Novel*，*Reviews and Criticism*（New York：W. W. Norton & Company，1995），p. 290.

莎贝尔这段宣言表明了她的婚姻不是盲目的，而是经过深思熟虑的，正是奥斯蒙德的"独立"和"个性"吸引了她。而在此处，伊莎贝尔态度越是坚定，后面她看清奥斯蒙德的真实面目后，所产生的讽刺效果就会越加强烈。

伊莎贝尔·阿彻尔对另一个追求者卡斯帕·古德伍德的态度也发生了变化，她在面对古德伍德时变得更加清醒和冷静，不再兴奋和激动，他们之间的感情不再是暧昧不清。亨丽埃塔在第十一章将古德伍德先生随她一起来到英国的消息告诉了伊莎贝尔。亨利·詹姆斯在先前的版本中写道，一提到古德伍德先生的名字，伊莎贝尔"曾经会脸红，现在她脸上的红晕正慢慢消退"，经过修订后，伊莎贝尔听到古德伍德先生的名字当下的反应是"她的脸变得有些苍白"[①]。从"脸红"到"苍白"，修改后的文本消除了伊莎贝尔对古德伍德先生的羞怯，增加一份冷静之感。此外，当伊莎贝尔听说古德伍德有可能到花园山庄拜访时，她感到惊慌。作者在此删去了一句话："惊慌也许是一个激烈的字眼，用来形容她对这种意外事件感到的不安；但是她的不安是强烈的，而且有各种各样的充分理由。"[②]删减之后的版本使得伊莎贝尔变得更加平静，减弱了她的慌张与不安。同样的，在第十六章开篇，当伊莎贝尔看到卡斯帕·古德伍德的名片时，她从"惊恐的眼神"（startled vision）变成了"全神贯注的目光"（fixed sight）[③]，这表明，伊莎贝尔面对古德伍德时也变得更加淡定。

---

① Robert D. Bamberg（ed.），*The Portrait of a Lady*：*An Authoritative Text*，*Henry James and the Novel*，*Reviews and Criticism*（New York：W. W. Norton & Company，1995），p. 91.

② Robert D. Bamberg（ed.），*The Portrait of a Lady*：*An Authoritative Text*，*Henry James and the Novel*，*Reviews and Criticism*（New York：W. W. Norton & Company，1995），p. 92.

③ Robert D. Bamberg（ed.），*The Portrait of a Lady*：*An Authoritative Text*，*Henry James and the Novel*，*Reviews and Criticism*（New York：W. W. Norton & Company，1995），p. 135.

纽约修订版中，伊莎贝尔·阿彻尔在面对沃伯顿勋爵时也更加从容得体。在小说的第二十七章，沃伯顿勋爵与伊莎贝尔在罗马广场偶遇，再次表达了他对伊莎贝尔的爱，这时伊莎贝尔回答说她也常常想起沃伯顿勋爵，而这对双方都没有害处。在 1881 年版本中，伊莎贝尔只是"微笑着补充道"，而 1908 年的版本中，她"换了一种口气，仿佛既想保持亲切的意味，又想贬低那句话的意义"①。相较之下，修订版显示了伊莎贝尔与他人互动的智慧，她既保持善良又减少了沃伯顿勋爵的希望，以消除误解。这也反映在接下来与沃伯顿勋爵的沟通中。伊莎贝尔说："可怜的沃伯顿勋爵！"在原文中，她带着"忧郁的微笑"，但在修订版中，她"露出了希望使两个人都感到愉快的同情"②。由此可见，修订版中的伊莎贝尔不再是天真直率的，而是拥有高情商、在乎他人感受的人，懂得通过语气和表情化解尴尬和不必要的误会。

伊莎贝尔的智慧也体现在她的价值观和观察方式上。伊莎贝尔在评价一个人的优点时，倾向于从"性格"上考虑，在修订版中，詹姆斯改成了从"性格和智慧"③上考虑，说明伊莎贝尔并非肤浅、感情用事之人。同样，詹姆斯将伊莎贝尔断定沃伯顿勋爵不是"一个轻浮的人"（a frivolous person）变成了不是"一个思想散漫的人"（a loose thinker）④，再一次表

---

① Robert D. Bamberg（ed.），*The Portrait of a Lady*：*An Authoritative Text*，*Henry James and the Novel*，*Reviews and Criticism*（New York：W. W. Norton & Company，1995），p. 249

② Robert D. Bamberg（ed.），*The Portrait of a Lady*：*An Authoritative Text*，*Henry James and the Novel*，*Reviews and Criticism*（New York：W. W. Norton & Company，1995），p. 249.

③ Robert D. Bamberg（ed.），*The Portrait of a Lady*：*An Authoritative Text*，*Henry James and the Novel*，*Reviews and Criticism*（New York：W. W. Norton & Company，1995），p. 94.

④ Robert D. Bamberg（ed.），*The Portrait of a Lady*：*An Authoritative Text*，*Henry James and the Novel*，*Reviews and Criticism*（New York：W. W. Norton & Company，1995），p. 96.

明修订后的伊莎贝尔是通过头脑而不是态度和行为来评判沃伯顿勋爵。亨利·詹姆斯在修订版中也赋予伊莎贝尔洞察力。当伊莎贝尔询问拉尔夫更多关于奥斯蒙德的信息时，她说，"对一个人面临的危险了解得越多越好"①，而不是"关于一个人的信息越多越好"。在修订版中，"危险"一词的使用表明伊莎贝尔意识到自己对奥斯蒙德的感情可能是盲目的、危险的。此外，分别几年后沃伯顿勋爵突然出现在伊莎贝尔在家举办的聚会上，沃伯顿表达了对他们的想念以及对房子的赞美，此时他"用明亮的目光打量着周围"，在修订版中变成了"他向屋子周围打量了一下，在这目光里，她还能隐隐觉察到他过去那种暗淡的悲伤的影子"②。可以看出，修订版将聚焦中心从沃伯顿勋爵转移到了伊莎贝尔的意识，她从沃伯顿的目光中看到了对她仍存的爱意。伊莎贝尔的反应也从"她现在已经完全恢复了镇静"，修改成"她已经凭借她罕见的内在能力，衡量这次会面将对她产生什么影响"③。这一变化预示着伊莎贝尔怀疑沃伯顿勋爵可能只是假装对潘茜感兴趣，以便接近伊莎贝尔，为后面的剧情做铺垫。以上例子可以说明，新版的伊莎贝尔深思熟虑，有洞察力，有预见能力，善于衡量后果。

此外，其他人对伊莎贝尔的看法在修订版中也有所改变。例如，较

---

①　Robert D. Bamberg（ed.），*The Portrait of a Lady：An Authoritative Text*，*Henry James and the Novel*，*Reviews and Criticism*（New York：W. W. Norton & Company，1995），p. 214.

②　Robert D. Bamberg（ed.），*The Portrait of a Lady：An Authoritative Text*，*Henry James and the Novel*，*Reviews and Criticism*（New York：W. W. Norton & Company，1995），p. 320

③　Robert D. Bamberg（ed.），*The Portrait of a Lady：An Authoritative Text*，*Henry James and the Novel*，*Reviews and Criticism*（New York：W. W. Norton & Company，1995），p. 321.

1881 年版本而言，拉尔夫眼中的表妹是一位全新的伊莎贝尔。在第十五章中，当他们去伦敦旅行时，拉尔夫认为伊莎贝尔很迷人，"全都是假设、结论和情感"（full of premises, conclusions, emotions）[1]，但原文中拉尔夫·杜歇眼中的伊莎贝尔"总是充满兴趣，常常很兴奋"（constantly interested and often excited）。相较而言，1881 年的伊莎贝尔对伦敦充满了热情，而 1908 年的伊莎贝尔脑中充满了逻辑和知识。拉尔夫在 1881 年的版本中也表达了他对伊莎贝尔的看法，"你有太多的良心"，但在修订版中拉尔夫对伊莎贝尔说"你有太多的思想力量——尤其是太多的良心"[2]。修订版强调的是伊莎贝尔的"思想"，她在拉尔夫的感知中是一位善于观察和思考、想象力丰富、充满智慧的女性。另外，在格米尼伯爵夫人眼中，1881 年版中的伊莎贝尔是"骄傲的"，而 1908 年版中的伊莎贝尔"非常聪明，对一切应酬话都不在乎"[3]。新版的伊莎贝尔显然有自己的判断能力，更加谦卑，不因他人的恭维而自傲。

综上所述，无论是叙述者描述、伊莎贝尔自身的言行，还是小说中他人对伊莎贝尔的看法，亨利·詹姆斯对伊莎贝尔的重新安排使这部小说更具戏剧性和深度。纽约版中的伊莎贝尔·阿彻尔不再缺乏对世界的了解，也不再凭冲动做出决定。相反，在修订版中她是一个更加成熟和

---

① Robert D. Bamberg（ed.），*The Portrait of a Lady*：*An Authoritative Text*，*Henry James and the Novel*，*Reviews and Criticism*（New York：W. W. Norton & Company，1995），p. 125.

② Robert D. Bamberg（ed.），*The Portrait of a Lady*：*An Authoritative Text*，*Henry James and the Novel*，*Reviews and Criticism*（New York：W. W. Norton & Company，1995），p. 192.

③ Robert D. Bamberg（ed.），*The Portrait of a Lady*：*An Authoritative Text*，*Henry James and the Novel*，*Reviews and Criticism*（New York：W. W. Norton & Company，1995），p. 300.

聪明的女士，她的决定是经过深思熟虑的，她的思想是智慧的、有洞见的。这些变化证实了伊莎贝尔的最终决定（回到罗马）不是冲动的行为，而是出于理智。

第二节　梅尔夫人和奥斯蒙德：更加虚伪

1881 年版本的伊莎贝尔·阿彻尔是天真的，也是容易被欺骗的目标，亨利·詹姆斯在 1908 年修订版中塑造了一个全新的伊莎贝尔，她更加聪慧和有洞察力。既然如此，聪明成熟的伊莎贝尔为何仍然掉入梅尔夫人和奥斯蒙德设计的骗局？为了解决这个问题，詹姆斯在修订版中把梅尔夫人和奥斯蒙德变得更加狡猾和虚伪，以至于伊莎贝尔被他们完整的阴谋和精湛的表演所欺骗。

梅尔夫人是伊莎贝尔最崇拜的人，在修订版中，梅尔夫人变得更加虚伪和势利。梅尔夫人在第十八章首次出场时，在 1881 年版本的小说中，演奏的是贝多芬（Beethoven）的曲子，而在修订版中演奏的是舒伯特（Schubert）的作品。她在 1881 年版本中"轻柔地、小心翼翼地触摸钢琴，但技巧很娴熟。她具有艺术家的气质"[①]，但在 1908 年版本中，梅尔夫人演奏时"小心翼翼地触碰着钢琴。它展现了技巧，也显示了感情"。修改后的梅尔夫人从一位"艺术家"被降格为一个有技巧和感情的表演者。此外，1881 版本的梅尔夫人是以"美好、坦率的微笑"（a fine, frank smile）面对伊莎贝尔，

---

① Robert D. Bamberg（ed.）, *The Portrait of a Lady: An Authoritative Text, Henry James and the Novel, Reviews and Criticism*（New York: W. W. Norton & Company, 1995）, p.151.

在修订版中梅尔夫人面带"一种世界性的微笑，一种超越国界的东西"（a sort of world-wide smile，a thing that over-reached frontiers）[1]，由此可见，通过对梅尔夫人表情刻画的修改，詹姆斯将梅尔夫人变得更加世故。不仅如此，梅尔夫人被刻画得更加神秘，当伊莎贝尔询问梅尔夫人是否受过很多苦时，她的"会心一笑"被修改成"有趣的微笑，仿佛在跟人玩猜谜游戏似的"[2]，修订版中的梅尔夫人更加不自然，神秘莫测。正如尼娜·贝姆（Nina Baym）指出的，詹姆斯通过省去了1881版本中梅尔夫人的"坦率、温暖和自然"[3]，直接改变了梅尔夫人的性格。由此可见，詹姆斯把梅尔夫人从一个坦率的艺术家变成了一个更加圆滑和虚伪的表演者。此外，梅尔夫人势利的天性在修订版中得到了强调。当梅尔夫人在第十九章中介绍英国的风俗人情时，她认为英国人是"世界上最优秀的民族"，而在1908年的版本中，她认为英国人是"世界上最容易相处的人"[4]，这体现了梅尔夫人的功利主义原则。

在纽约版选集中，梅尔夫人的形象也有所改变，暗示了她身份的复杂性。伊莎贝尔初遇梅尔夫人后对她赞美有加，认为她长得十分优美，在原版中，伊莎内尔形容梅尔夫人浓密的金发"如画般简单地"排列，而在修

---

① Robert D. Bamberg（ed.），*The Portrait of a Lady：An Authoritative Text，Henry James and the Novel，Reviews and Criticism*（New York：W. W. Norton & Company，1995），p. 153.

② Robert D. Bamberg（ed.），*The Portrait of a Lady：An Authoritative Text，Henry James and the Novel，Reviews and Criticism*（New York：W. W. Norton & Company，1995），p. 168

③ Nina Baym，"Revision and Thematic Change in *The Portrait of a Lady*，"*Modern Fiction Studies*，Vol. 22，No. 2（1976）：183—200.

④ Robert D. Bamberg（ed.），*The Portrait of a Lady：An Authoritative Text，Henry James and the Novel，Reviews and Criticism*（New York：W. W. Norton & Company，1995），p. 169.

订后的文本中，梅尔夫人的金发具有"古典"风味，好像是"朱诺或尼奥比的半身像"（Bust of Juno or Niobe）①。在罗马神话中，朱诺是朱庇特的妻子，是保护已婚妇女的婚姻女神。荷马的《伊利亚特》（*Iliad*）中提到的尼奥比是一位心碎的母亲，她的孩子全部被杀害，由于每天伤心哭泣最终变成石像。亨利·詹姆斯的重新安排消除了梅尔夫人的简单性。具有讽刺意味的是，与保护婚姻的女神朱诺不同，梅尔夫人是一位破坏他人婚姻的情妇；梅尔夫人与沉浸在失去孩子悲痛中的尼奥比也不同，她不是一位善良的具有同情心的母亲，而是主动放弃了抚养自己的女儿潘茜。真实的梅尔夫人与朱诺和尼奥比的形象产生了戏剧性的差异，修改后的梅尔夫人增加了小说的反讽效果。

除此之外，修订版的《一位女士的画像》强化了伊莎贝尔对梅尔夫人的钦佩程度。例如，初见梅尔夫人时，原版中伊莎贝尔认为梅尔夫人"有一种迷人的风度"，而在修订版中，梅尔夫人的这种迷人的风度是伊莎贝尔"从未见过的"②。原版中伊莎贝尔对梅尔夫人的才华和聪颖感到"嫉妒"，而修订版中伊莎贝尔感到"自叹不如，就像站在私家花园围墙的另一边，她感到触不可及"③。伊莎贝尔视梅尔夫人为模范，在她身上看到了一种高贵的气质。在1881年版中伊莎贝尔形容这种高贵的气质来自"优雅亲切、

---

① Robert D. Bamberg（ed.），*The Portrait of a Lady*：*An Authoritative Text*，*Henry James and the Novel*，*Reviews and Criticism*（New York：W. W. Norton & Company，1995），p. 154.

② Robert D. Bamberg（ed.），*The Portrait of a Lady*：*An Authoritative Text*，*Henry James and the Novel*，*Reviews and Criticism*（New York：W. W. Norton & Company，1995），p. 153.

③ Robert D. Bamberg（ed.），*The Portrait of a Lady*：*An Authoritative Text*，*Henry James and the Novel*，*Reviews and Criticism*（New York：W. W. Norton & Company，1995），p. 165.

聪明友好" （so graceful，so gracious，so wise，so good），修改后，这种高贵的气质是由于梅尔夫人"有教养、有文化，聪明睿智，从容自如"（so cultivated and civilized，so wise and so easy）[1]。当梅尔夫人把伊莎贝尔介绍给奥斯蒙德时，原版中的伊莎贝尔想知道"他们之间关系的本质"，而在纽约版中，詹姆斯取消了伊莎贝尔的怀疑，将奥斯蒙德和梅尔夫人称为"这些高尚的灵魂"，并为梅尔夫人寻找借口，"她觉得，梅尔夫人跟人的关系总是有它们的历史缘由"[2]。修改前伊莎贝尔对他们的关系产生了一丝怀疑，修改后的文本变成了伊莎贝尔感叹梅尔夫人交友广泛，崇拜她的交际能力。通过修订，亨利·詹姆斯夸大了伊莎贝尔对梅尔夫人的欣赏和崇拜，因此，当伊莎贝尔看清梅尔夫人的真面目时，就会造成更加戏剧性的张力。正如在第三十一章，经过长期的朝夕相处，伊莎贝尔发现梅尔夫人神秘莫测，她将梅尔夫人视为"一位演员，只能穿上戏装粉墨登场"[3]，而不是原版中的"外国人"。将"外国人"改为"演员"，说明伊莎贝尔意识到梅尔夫人对她有所隐瞒，处事圆滑。在第四十章，伊莎贝尔婚后发现梅尔夫人变了，她的丈夫也避免提及梅尔夫人，在修订版中，她将梅尔夫人比作"社交圈中最圆最光滑的一颗念珠"[4]，进一步强调了梅尔夫人

---

① Robert D. Bamberg（ed.），*The Portrait of a Lady：An Authoritative Text*，*Henry James and the Novel*，*Reviews and Criticism*（New York：W. W. Norton & Company，1995），p. 166.

② Robert D. Bamberg（ed.），*The Portrait of a Lady：An Authoritative Text*，*Henry James and the Novel*，*Reviews and Criticism*（New York：W. W. Norton & Company，1995），p. 211

③ Robert D. Bamberg（ed.），*The Portrait of a Lady：An Authoritative Text*，*Henry James and the Novel*，*Reviews and Criticism*（New York：W. W. Norton & Company，1995），p. 274.

④ Robert D. Bamberg（ed.），*The Portrait of a Lady：An Authoritative Text*，*Henry James and the Novel*，*Reviews and Criticism*（New York：W. W. Norton & Company，1995），p. 339.

的圆滑和老练，这一改动不仅展现了伊莎贝尔的洞察力，更为梅尔夫人虚伪面目的揭露埋下了伏笔。当伊莎贝尔恍然大悟，明白自己的婚姻是由梅尔夫人一手操控时，她感受到了梅尔夫人的"虚伪"（false），在修订版中，詹姆斯改成了"甚至极其虚伪"（even deeply false—deeply，deeply，deeply），还在破折号后连续使用了三个"极其地"①，突出表现了伊莎贝尔的震惊和失落。在得知真相后，伊莎贝尔与梅尔夫人见面的场景也被修改得更加戏剧性。伊莎贝尔去修道院与潘茜告别，这时梅尔夫人出现了，原版中梅尔夫人鲜活的形象"像一幅复制品"，她的存在就像"一种鲜活的证据"（vivid proof）。在纽约版中，梅尔夫人出现得很"突然，甚至可怕，看起来像一幅活动的油彩画"，而她在那里就像"法庭上呈现一种丑陋的罪证（ugly evidence），一份手迹，亵渎的遗物，可怕的证据"②。通过修订，伊莎贝尔得知真相后受到的冲击更加强烈，加强了梅尔夫人的可怕和"丑陋"。

　　在修订版中，不仅梅尔夫人变得更加虚伪，奥斯蒙德也变成一位更加出色的演员，扮演了一位才华横溢的隐士。纽约版增加了奥斯蒙德的神秘感。初见奥斯蒙德时，伊莎贝尔看到他的眼睛"明亮又聪明"，眼神里"既温柔又敏锐"，修订版改成了一双"敏感的好奇的眼睛，眼神既模糊又敏锐，既聪明又冷酷"③。笑起来"没有坏脾气"变成了"更加有耐心"④。纽约

---

① Robert D. Bamberg（ed.），*The Portrait of a Lady*：*An Authoritative Text*，*Henry James and the Novel*，*Reviews and Criticism*（New York：W. W. Norton & Company，1995），p. 431.

② Robert D. Bamberg（ed.），*The Portrait of a Lady*：*An Authoritative Text*，*Henry James and the Novel*，*Reviews and Criticism*（New York：W. W. Norton & Company，1995），p. 456.

③ Robert D. Bamberg（ed.），*The Portrait of a Lady*：*An Authoritative Text*，*Henry James and the Novel*，*Reviews and Criticism*（New York：W. W. Norton & Company，1995），p. 197.

④ Robert D. Bamberg（ed.），*The Portrait of a Lady*：*An Authoritative Text*，*Henry James and the Novel*，*Reviews and Criticism*（New York：W. W. Norton & Company，1995），p. 222.

版中，亨利·詹姆斯对奥斯蒙德的外表也进行了修改：

> 他是那种在种族问题上可以被认为是任何人种的人之一。
> （1881 年版）

> 他使人觉得，尽管他是一枚精美的金币，但不是那种供一
> 般流通用的，印有标记或图纹的普通硬币；他是一枚专为特殊
> 场合而铸造的精美复杂的奖章。[①]（1908 年版）

原版表明奥斯蒙德从外表上分辨不出国籍，修改后的文本将奥斯蒙德
比喻为一种精致的金币，不是为了流通交易，而是一种名誉的象征，一件
艺术品，强调了奥斯蒙德让人觉得具有一种高贵的气质。此时奥斯蒙德越
是伪装淡泊名利，真相揭露时反讽的效果越强烈。此外，第二十三章中，
奥斯蒙德给人的印象也被改写：

> 如果他心情不好，他可能会感到很不满意——毕竟像大多
> 数人一样；但是当他选择竭尽全力时，没有人能做到更好。（1881
> 年版）

> 在心情不好的时候，他也会和任何人一样情绪低落，只有

---

① Robert D. Bamberg（ed.），*The Portrait of a Lady*: *An Authoritative Text*，*Henry James and the Novel*，*Reviews and Criticism*（New York: W. W. Norton & Company，1995），p. 197.

那神色还俨然是一位意志消沉的流亡王子。但是，如果他关心，或者感兴趣，或者他的情绪被恰当地——必须是恰当地——激发起来以后，人们就会发现他的聪明和与众不同之处。他并不像多数人那样，故意要标榜或者炫耀自己的聪明才智。①（1908年版）

从上述段落对比可见，1881年版本对奥斯蒙德形象的刻画表现平平，但修订版将他比作"一个意志消沉的流亡王子"，一时失意但仍然高贵，同时，奥斯蒙德还具有谦逊的品质，才华横溢，但不自吹自擂。这都是伊莎贝尔喜欢奥斯蒙德的原因。奥斯蒙德十分擅长将自己伪装成一位失意的王子，当奥斯蒙德与伊莎贝尔谈论意大利时，原版文本中，奥斯蒙德认为外国人容易将意大利抹上"玫瑰般的色彩"，实际上有时很"无趣"，在修订版中，奥斯蒙德认为意大利对于"社会上的失意分子——他这是指那些郁郁'不得志'的人——确实是世外桃源，尽管他们在这里过的是清贫的生活，但不会受到奚落，可以把自己的意愿保存在心头，像保留一件传家宝，或者一块祖传的毫无出息的土地一样。"②可见，在修订版中，奥斯蒙德暗示自己就是一个隐士，才华仍未得到承认，他的理想需要财产来支撑。因此，伊莎贝尔在后来的故事中发现帮助奥斯蒙德实现理想能够体现她的自我价值。

此外，淡泊名利也是吸引伊莎贝尔的特质。拉尔夫称奥斯蒙德是一位

---

① Robert D. Bamberg（ed.），*The Portrait of a Lady*：*An Authoritative Text*，*Henry James and the Novel*，*Reviews and Criticism*（New York：W. W. Norton & Company，1995），p. 210.

② Robert D. Bamberg（ed.），*The Portrait of a Lady*：*An Authoritative Text*，*Henry James and the Novel*，*Reviews and Criticism*（New York：W. W. Norton & Company，1995），p. 221.

"贫穷"（poor）的绅士，而在修订版中，拉尔夫认为奥斯蒙德是一位"穷得有骨气"（poor but honest）[1]的绅士，向伊莎贝尔强调了奥斯蒙德的非庸俗化。在第二十四章，在伊莎贝尔拜访奥斯蒙德的家，对他有了深入的了解后，亨利·詹姆斯在修订版中夸大了伊莎贝尔眼中奥斯蒙德的与众不同。伊莎贝尔认为奥斯蒙德的独特之处不在于他表面上的言行，而在于他没有展现出来的一面。在修订版中，詹姆斯将奥斯蒙德喻为印在古董上的印记："正是这个方面像他给她看的、印在古盘子的背面和16世纪古画角上的那些印记一样，成了他珍贵稀罕的标志。"[2]同样，奥斯蒙德面部和身体上的特点，在伊莎贝尔眼中也成为了他"异常感性的标志"（as the sign of an unusual sensibility），在修订版中，詹姆斯更加夸大了奥斯蒙德的特质，成为"品质、强度的标志，不知不觉总能引人入胜"（as signs of quality, of intensity, somehow as promises of interest）"[3]。奥斯蒙德的羞怯也从"优越品质的证明"，变成了1908年版本中的"这几乎只是证明他有很高的标准和要求，而不是庸俗的证明——如果是庸俗，他自己首先就会起来消灭它"[4]。原版中，伊莎贝尔眼中奥斯蒙德的谈吐显示出他"异乎寻常的敏锐"，蕴含着"一种优美的机智"，修订版中，奥斯蒙德的话

① Robert D. Bamberg（ed.），*The Portrait of a Lady: An Authoritative Text, Henry James and the Novel, Reviews and Criticism*（New York: W. W. Norton & Company, 1995），p. 214.

② Robert D. Bamberg（ed.），*The Portrait of a Lady: An Authoritative Text, Henry James and the Novel, Reviews and Criticism*（New York: W. W. Norton & Company, 1995），p.224.

③ Robert D. Bamberg（ed.），*The Portrait of a Lady: An Authoritative Text, Henry James and the Novel, Reviews and Criticism*（New York: W. W. Norton & Company, 1995），p.224.

④ Robert D. Bamberg（ed.），*The Portrait of a Lady: An Authoritative Text, Henry James and the Novel, Reviews and Criticism*（New York: W. W. Norton & Company, 1995），p. 225.

自然，不"装腔作势"①。通过修订，奥斯蒙德非庸俗化的突出表现与他实际上自私和势利的本色形成了强烈的对比。在上面的例子中，詹姆斯用讽刺的手法，通过强调他人眼中奥斯蒙德的天赋和超凡脱俗来与他的真实本质形成对比，创造出戏剧性的效果。

除了用讽刺来强调奥斯蒙德的庸俗之外，亨利·詹姆斯还在修订版中把奥斯蒙德改造得比原版更加工于心计、更加老练圆滑。例如，在第二十三章的第一段，詹姆斯写奥斯蒙德有他的"独特之处"，在修订版中，詹姆斯用"性情乖张"（perversities）代替了"独特"（peculiarities），"perversity"一词不仅有奇特的意思，还有邪恶的意思，这暗示了奥斯蒙德的品质的邪恶。在第二十六章，杜歇夫人以前"一直都喜欢"奥斯蒙德，认为他是一位"了不起的绅士"，但在修订版中，詹姆斯写道："从很早的时候起，杜歇夫人就已把奥斯蒙德先生列入了她为数不多的几个客人的名单中，只是她还不太明白，他是凭借什么方法和手段——尽管它们是不值得恭维的，但很聪明——使他到处受到欢迎的。"②亨利·詹姆斯删去了杜歇夫人对奥斯蒙德的喜爱，仅仅把他当作一位"客人"，并且揭露了奥斯蒙德的老谋深算。拉尔夫反对伊莎贝尔与奥斯蒙德的婚礼，指责奥斯蒙德是一个"骗子"（humbug），修改版中拉尔夫言语更加犀利，说他"肮脏和邪恶"（sordid or sinister）③，突出了奥斯蒙德的卑鄙无耻。特别是伊

---

① Robert D. Bamberg（ed.），*The Portrait of a Lady*：*An Authoritative Text*，*Henry James and the Novel*，*Reviews and Criticism*（New York：W. W. Norton & Company，1995），p. 238.

② Robert D. Bamberg（ed.），*The Portrait of a Lady*：*An Authoritative Text*，*Henry James and the Novel*，*Reviews and Criticism*（New York：W. W. Norton & Company，1995），p. 234.

③ Robert D. Bamberg（ed.），*The Portrait of a Lady*：*An Authoritative Text*，*Henry James and the Novel*，*Reviews and Criticism*（New York：W. W. Norton & Company，1995），p. 286.

莎贝尔和奥斯蒙德结婚后，修订版更多地暴露了奥斯蒙德的虚伪和庸俗，带来了更强烈的戏剧性。第三十五章中的一处修改更加直接地指出了奥斯蒙德的庸俗和自私，原文中写道："他的利己主义（egotism），如果这是利己主义的话，从来没有表现为一种粗俗的形式，满足于得到一个百依百顺的妻子……"，在修订版中，詹姆斯将"如果这是利己主义的话"[1]删去，消除了奥斯蒙德自我主义的不确定性，并进一步肯定了奥斯蒙德自私自利的本质。第三十七章给出了另一个例子。这一场景描述的是伊莎贝尔举办的聚会，奥斯蒙德没有参与客人的谈话，而是靠在壁炉前，原版中奥斯蒙德"眼神固定在一个地方，心不在焉"，修订版中对奥斯蒙德的眼神又做了进一步的描述："他的眼睛流露出一种它们频繁出现的表情，似乎表明他在考虑一些比外表看起来更有价值的事物"[2]。原版中的奥斯蒙德只是在思考，而修订版直接展示了奥斯蒙德内心思考的内容，表明了奥斯蒙德是一个利己主义者，总喜欢考虑如何从他人身上获取利益。四十九章，伊莎贝尔突然意识到奥斯蒙德是为了金钱才娶她，在纽约版中，詹姆斯添加了一句，伊莎贝尔指责奥斯蒙德"像一位庸俗的冒险家"。[3]卡斯帕·古德伍德在了解了奥斯蒙德的本质后，说他是"魔鬼"（a devil），修订版改成了"最致命的恶魔"（the deadliest of fiends）[4]。

---

[1] Robert D. Bamberg（ed.），*The Portrait of a Lady*：*An Authoritative Text*，*Henry James and the Novel*，*Reviews and Criticism*（New York：W. W. Norton & Company，1995），p. 296.

[2] Robert D. Bamberg（ed.），*The Portrait of a Lady*：*An Authoritative Text*，*Henry James and the Novel*，*Reviews and Criticism*（New York：W. W. Norton & Company，1995），pp. 308—309.

[3] Robert D. Bamberg（ed.），*The Portrait of a Lady*：*An Authoritative Text*，*Henry James and the Novel*，*Reviews and Criticism*（New York：W. W. Norton & Company，1995），p. 432.

[4] Robert D. Bamberg（ed.），*The Portrait of a Lady*：*An Authoritative Text*，*Henry James and the Novel*，*Reviews and Criticism*（New York：W. W. Norton & Company，1995），p. 487.

第三节　拉尔夫和伯爵夫人：更加戏剧化

到目前为止，我们已经对比了两个版本中伊莎贝尔·阿彻尔、梅尔夫人和吉尔伯特·奥斯蒙德性格的变化。这些改变的效果使情节变得更加戏剧性：1908 年的伊莎贝尔不那么天真单纯，梅尔夫人和奥斯蒙德更加虚伪，骗术更加高超，因此秘密被揭露的那一刻就变得更加令人震惊，伊莎贝尔那段著名的沉思就会变得更加深刻。除此之外，拉尔夫和格米尼伯爵夫人的变化也赋予了这部小说戏剧性的效果。拉尔夫从一位旁观者变成了一位给予者。当他在临终前说出对伊莎贝尔的爱时，读者对这种无私的爱以及爱与自由之间的关系有了更深刻的理解。另一个次要角色格米尼伯爵夫人被塑造得更加怪诞和缺乏人性，这与伊莎贝尔的同情心形成了鲜明的对比。

在修订版中，拉尔夫对伊莎贝尔的爱更加无私。他说服父亲留给伊莎贝尔一大笔财产，这是出于爱而不是好奇。大部分评论家认为原版中拉尔夫是一个观察者。正如奥列芬特夫人（Mrs. Oliphant）所指出的，拉尔夫"半开玩笑地看着他的表妹"，给结局带来了一种忧郁的感觉，仿佛是拉尔夫自己给伊莎贝尔一大笔财产的行为，造成了她的毁灭。[①] 布朗内尔（W. C. Brownell）也表示，拉尔夫"很想看看他的表妹会如何对待她的生活，如果没有什么能阻止她随心所欲的话"，这让读者会或多或少带着同情的心情随拉尔夫一起观察着戏剧的发展，拉尔夫把伊莎贝尔后来所有的不幸都怪罪在他身上。[②] 然而，在修订版中，詹姆斯宣称拉尔夫爱上了伊莎贝尔。

---

① Margaret Oliphant, "Review of 'The Portrait of a Lady', " *Blackwood's Edinburgh Magazine*, Vol. 131（1882）: 381.

② W. C. Brownell, "Review of 'The Portrait of a Lady', " *The Nation*, Vol. 34（1882）: 102—103.

在第三十三章，听到伊莎贝尔嫁给奥斯蒙德的消息，拉尔夫感到震惊和羞辱。在原文中，詹姆斯写道"他失去了他的表妹"，但在修订版中，詹姆斯改为"他失去了这个世界上他最关心的人"[1]。在这里，亨利·詹姆斯清楚地表明了拉尔夫对伊莎贝尔的关爱。同时，在小说最感人的时刻——第五十四章拉尔夫临终的场景中，詹姆斯展现了拉尔夫内心深处的声音。在 1908 年版中，拉尔夫勇敢地向伊莎贝尔表达了他的爱："啊，伊莎贝尔——我**最亲爱**的！"[2]（黑体为原文标注）经过修改，拉尔夫不再是一个冷静的旁观者，他赋予伊莎贝尔巨大的财富不是为了观察伊莎贝尔的生活，而是出于爱，他想给予伊莎贝尔自由。

虽然格米尼伯爵夫人出现的频率较低，但她的存在仍然起了关键性的作用。正是格米尼伯爵夫人揭示了潘茜身世的真相。亨利·詹姆斯在笔记中曾犹豫潘茜是梅尔夫人的女儿这一事实是由梅尔夫人情绪失控亲口说出，还是由格米尼伯爵夫人告知伊莎贝尔[3]，最终，詹姆斯决定最好由后者告知。因为詹姆斯想要描述的梅尔夫人懂得"自我克制、注重仪表"，因此最好不要把梅尔夫人暴露无遗，"最好不要让她自己出丑"。[4]亨利·詹姆斯意识到按照原定的构思发展，让梅尔夫人大声疾呼潘茜是她的女儿，

① Robert D. Bamberg（ed.），*The Portrait of a Lady: An Authoritative Text，Henry James and the Novel，Reviews and Criticism*（New York：W. W. Norton & Company，1995），p. 286.

② Robert D. Bamberg（ed.），*The Portrait of a Lady: An Authoritative Text，Henry James and the Novel，Reviews and Criticism*（New York：W. W. Norton & Company，1995），p. 479.

③ F.O. Matthissen and Kenneth B. Murdock（eds.），*The Notebooks of Henry James*（New York：Oxford University Press，1947），p. 16.

④ F.O. Matthissen and Kenneth B. Murdock（eds.），*The Notebooks of Henry James*（New York：Oxford University Press，1947），p.18.

只有她才有权干涉女儿的婚姻，这一行为与梅尔夫人一贯谨慎的态度矛盾，于是将这一重要任务交给了格米尼伯爵夫人。因此为了使揭露真相的场面更加合理化和戏剧化，詹姆斯在修订时突出了伯爵夫人怪异的性格，发展了她与梅尔夫人以及伊莎贝尔之间的关系。

为了增强戏剧性效果，亨利·詹姆斯用夸张怪诞的行为取代了格米尼伯爵夫人的人性化。自从格米尼伯爵夫人第一次出现在第二十四章，詹姆斯改变了她的本性。在原版中，詹姆斯描绘道，"她的脸有一种非常人性化和女性化的表情，因此决不是令人讨厌的"，但在 1908 年，詹姆斯写道："这张脸由于经常露出各种大惊小怪、喜怒哀乐的不同表情，也并非没有人情味。"[①] 在相同的段落，詹姆斯之前写道，格米尼伯爵夫人"没有表现出邪恶的样子。没有什么比她对伊莎贝尔的问候更友好、更天真的了"，而在修改版中，詹姆斯说她"没有什么城府"，然后将读者的注意力从她的本性转移到她夸张的动作上："她讲起话来全身都会动，像全面停战时挥动的白旗，只是多了一些五彩缤纷的飘带。"[②] 隔了一个段落之后，詹姆斯再次描述格米尼伯爵夫人：

> 她讲话的时候，身子扭来扭去，眼神瞄来瞄去，语气虽然
> 表达了高度的善意，却相当尖锐和亲切。（1881 年版）

[①] Robert D. Bamberg（ed.）, *The Portrait of a Lady*: *An Authoritative Text*, *Henry James and the Novel*, *Reviews and Criticism*（New York：W. W. Norton & Company, 1995）, p. 218.

[②] Robert D. Bamberg（ed.）, *The Portrait of a Lady*: *An Authoritative Text*, *Henry James and the Novel*, *Reviews and Criticism*（New York：W. W. Norton & Company, 1995）, p.218

> 她讲话的时候，身子扭来扭去，脑袋忽上忽下，有时候还
> 发出一两声尖厉的怪叫，好像她那口纯正的英语，或者不如说
> 纯正的美语，突然在路上出了事，掉了队，她只得大声呼叫，
> 要它们快些赶上来。① （1908 年版）

当得知伊莎贝尔与自己弟弟订婚的消息后，伯爵夫人表情更加夸张，她"带着丰富的表情"走进房间，被修改为"好像是拍动着翅膀飞进来的"②。格米尼夫人对自我的认知也发生了改变，从原版的"我只是有点轻浮"变成了"我只是有些白痴和令人讨厌"③。通过上述对比可见，与1881 年的版本不同，在修订版中亨利·詹姆斯更多地展现了格米尼伯爵夫人夸张的行为和尖锐的口音。在所有这些例子中，詹姆斯删除了积极的词语，如"人性化和女性化"（human and feminine），"没有邪恶的表情"（no appearance of wickedness），"更友好或更天真"（kinder or more innocent），"高度的善意"（a high degree of good-nature），和"亲切"（sweet），取而代之的是"白痴和令人讨厌"（an idiot and a bore），以及她怪异、夸张的行为。

在描写梅尔夫人与格米尼伯爵夫人之间的互动时，亨利·詹姆斯改变

---

① Robert D. Bamberg（ed.），*The Portrait of a Lady: An Authoritative Text，Henry James and the Novel，Reviews and Criticism*（New York：W. W. Norton & Company，1995），p. 219.

② Robert D. Bamberg（ed.），*The Portrait of a Lady: An Authoritative Text，Henry James and the Novel，Reviews and Criticism*（New York：W. W. Norton & Company，1995），p. 299.

③ Robert D. Bamberg（ed.），*The Portrait of a Lady: An Authoritative Text，Henry James and the Novel，Reviews and Criticism*（New York：W. W. Norton & Company，1995），p. 222.

了他们的关系。在原版中，他们像老朋友一样聊天以放松心情，伊莎贝尔不时听到格米尼伯爵夫人谈论"一切不切实际的话题"。但是在修订版中，詹姆斯对于格米尼伯爵夫人与梅尔夫人之间的关系进行了微妙的描述："伯爵夫人对她的朋友讲的某些话往往迫不及待地赶紧解释，就像一只狮子狗看到手杖扔来，赶紧逃走一样。而梅尔夫人仿佛在欣赏这一切，看这只狮子狗究竟能跑多远。"① 在梅尔夫人眼里，格米尼伯爵夫人就像一只狮子狗，梅尔夫人只是冷冷地看着它的表演。在修订版中，她们没有假装的那么亲近。这种新的安排更好地解释了为什么格米尼伯爵夫人在后面的故事中向伊莎贝尔透露了梅尔夫人的秘密。

虽然格米尼伯爵夫人告诉了伊莎贝尔真相，但修订版中的伯爵夫人这一举动更加显示了她的丑陋和非人性。亨利·詹姆斯重写了格米尼伯爵夫人向伊莎贝尔揭露真相时的几乎所有台词。在第五十一章中，伊莎贝尔正在犹豫她是否要离开奥斯蒙德去看望病入膏肓的拉尔夫。在这个关键时刻，原版中的格米尼伯爵夫人是安静地"站"（stood）在伊莎贝尔面前，"在她黑色的小眼睛里闪透出一抹更奇怪的闪光"；在修订版中，格米尼伯爵夫人是在伊莎贝尔面前"徘徊"（hovered），并且"整张脸笼罩在一种含有深意的闪光中，这是一小时前所没有的。可以这么说，她本来一直坚定地站在精神的窗户后面，现在却把身子伸出来了"② 。这一修改将伯爵夫人的小人嘴脸刻画得更加淋漓尽致，意味着她揭露真相这一行为是不怀好

---

① Robert D. Bamberg（ed.），*The Portrait of a Lady*：*An Authoritative Text*，*Henry James and the Novel*，*Reviews and Criticism*（New York：W. W. Norton & Company，1995），p. 221.

② Robert D. Bamberg（ed.），*The Portrait of a Lady*：*An Authoritative Text*，*Henry James and the Novel*，*Reviews and Criticism*（New York：W. W. Norton & Company，1995），p. 449.

意的，同时也进一步强调了伯爵夫人平时怪异的精神状态。接下来她试图安慰伊莎贝尔，伊莎贝尔以为她会说出一些"重要的话"，修订版中变成了"真正具有人性的话"[1]，讽刺了格米尼伯爵夫人的非人性。詹姆斯也改写了格米尼伯爵夫人的表情，把"她那张明亮的、反复无常的脸发出一种闪光"换成了"她反常的性情变得越来越明显，越来越可怕。她站了一会儿，目光中充满着决心，但在伊莎贝尔看来，这也是丑恶的"[2]，詹姆斯又一次改变了修饰伯爵夫人的词语的色彩，将积极的"明亮的"（bright）修改成贬义的"性情乖张"（perversity），并且指出了她的"丑恶"（dreadful）。后来，詹姆斯延长了格米尼伯爵夫人的演讲。正如劳伦斯·雷顿（Lawrence Leighton）指出的那样，詹姆斯"想要一个好的长篇大论，一个女演员可以投入其中的那种演讲"，马西森也观察到，"她的性格是戏剧化的，但实际上比第一个版本更恶毒"。[3]与原版对比，我们可以发现，伯爵夫人添加了一篇详细的演讲（几乎一页），讲述奥斯蒙德是如何编造故事的，以及她为什么之前一直保持沉默，并告诉伊莎贝尔当时的真相。伯爵夫人一直为自己辩解，这反而更加暴露了她的丑恶：

　　我们——我是指我和奥斯蒙德——从不提这件事。你没看

---

① Robert D. Bamberg（ed.），*The Portrait of a Lady*：*An Authoritative Text*，*Henry James and the Novel*，*Reviews and Criticism*（New York：W. W. Norton & Company，1995），p. 449.

② Robert D. Bamberg（ed.），*The Portrait of a Lady*：*An Authoritative Text*，*Henry James and the Novel*，*Reviews and Criticism*（New York：W. W. Norton & Company，1995），p. 450.

③ F. O. Matthiessen，*Henry James*：*The Major Phase*（New York：Oxford University Press，1944），p. 175—176.

见他一言不发瞧我的那副神气？他这是叫我不要声张。我也从没说过，从没对任何一个人透露过一句话，你可以相信这点，我以名誉担保，这么多年来，我一直保持沉默，直到现在这才告诉你……对这种天真无知，我从来不愿推波助澜，我爱莫能助。为了替我的兄弟保守秘密，我一直沉默着，但是我终于忍耐不住了。[①]

格米尼伯爵夫人的这段坦白与她内心的真实想法不符。读者可以看出，她向伊莎贝尔揭露真相并非想为伊莎贝尔打抱不平，而是为了激怒伊莎贝尔从而报复奥斯蒙德，她是抱着看好戏的心态，"本打算点燃一堆熊熊烈火"[②]。此外，格米尼夫人声称以"名誉"担保自己所言属实，实际上她并没有名誉，她自己也承认讲过"很多愚蠢的谎话"[③]（原版中为"一些谎话"）。通过对格米尼伯爵夫人戏剧性对白的添加，亨利·詹姆斯进一步讽刺了她的愚蠢与邪恶。

除了增加格米尼伯爵夫人的戏剧性本质，这种新的安排使伯爵夫人的非人性和伊莎贝尔的同理心形成了鲜明的对比。在修订版中，伊莎贝尔得知真相后的反应发生了变化，与伯爵夫人所希望的形成对比。与伯爵夫人

---

① Robert D. Bamberg（ed.），*The Portrait of a Lady*：*An Authoritative Text*，*Henry James and the Novel*，*Reviews and Criticism*（New York：W. W. Norton & Company，1995），pp. 450—451.

② Robert D. Bamberg（ed.），*The Portrait of a Lady*：*An Authoritative Text*，*Henry James and the Novel*，*Reviews and Criticism*（New York：W. W. Norton & Company，1995），p. 451.

③ Robert D. Bamberg（ed.），*The Portrait of a Lady*：*An Authoritative Text*，*Henry James and the Novel*，*Reviews and Criticism*（New York：W. W. Norton & Company，1995），p. 453.

对话时，詹姆斯增加了一句"她仿佛在辨别什么是真，什么是假"，在伯爵夫人的长篇大论之后，伊莎贝尔的反应比1881版中更加冷静，从"看起来令人畏惧"到"她几乎没有表现出比平时更令人印象深刻的样子，只是一个拥有丰富想象力的年轻女子，在历史书上看到了一段邪恶的故事"。①由此可见，修改后的伊莎贝尔有自己的思考，并不是被动接受伯爵夫人传递的信息和情绪，而是客观地看待这件事情，变得更加理性和智慧。格米尼伯爵夫人谴责梅尔夫人为了她的"脸皮"（在1881年版中是"名誉"）而抛弃了她的女儿潘茜，相反，伊莎贝尔则对梅尔夫人表示同情，从"啊，可怜的家伙！"(Ah, poor creature!)修改为"啊，可怜的，可怜的女人！"(Ah, poor，poor woman!)②修订版中连续使用了两个"可怜的"，加深了伊莎贝尔对梅尔夫人的同情。总的来说，詹姆斯对揭露真相这一幕的戏剧性修改，使得伯爵夫人和伊莎贝尔的性格更加鲜明，突出了伯爵夫人的非人性化以及伊莎贝尔的理性和善良。

亨利·詹姆斯在他的《小说艺术》中强调了小说是一个"有机体"，并反驳了"人物小说"和"事件小说"之间的区别，强调了人物在小说创作过程中的重要地位。詹姆斯在他评价安东尼·特罗洛普（Anthony Trollope）的文章中指出，特罗洛普"对人物的极度兴趣"③是他作品中优

① Robert D. Bamberg（ed.），*The Portrait of a Lady*：*An Authoritative Text*，*Henry James and the Novel*，*Reviews and Criticism*（New York：W. W. Norton & Company，1995），p. 451.

② Robert D. Bamberg（ed.），*The Portrait of a Lady*：*An Authoritative Text*，*Henry James and the Novel*，*Reviews and Criticism*（New York：W. W. Norton & Company，1995），p.452.

③ James E. Miller，Jr.（ed.），*Theory of Fiction*：*Henry James*（Lincoln：University of Nebraska Press，1972），p. 199.

秀而令人钦佩的品质。詹姆斯在关于伊凡·屠格涅夫的文章中继续谈论人物的重要性，他指出，屠格涅夫故事的萌芽不是"一系列情节——这是他最后才会想到的；而是某些人物的呈现"[①]。受屠格涅夫的影响，詹姆斯意识到了人物在推动情节、表现主题、展现真实等方面所发挥的作用。我们也可以在《一位女士的画像》的序言中看到这一论点："我很难想象，任何故事可以完全不需要人物的推动，我也很难想象，任何场面可以不必依靠处在这场面中的人物的性质"[②]。在文本实践中，詹姆斯把《一位女士的画像》改编成一部以人的意识为中心的戏剧，而不是一部复杂的情节剧。是詹姆斯对伊莎贝尔的认识，而不是预先存在的"情节"，决定了她的命运。正如詹姆斯在序言中所说：

> 在这里试图回顾我的写作意图的萌芽时，我觉得应该这样说，我最早有的不是某个想入非非的"情节"——这是一个极坏的名称——也不是我的头脑中突然闪现了一系列人与人的关系，或者任何一个场面，那种可以凭自身的逻辑，不必编故事的人操心，立即进入行动，展开情节，或者以急行军的方式奔向重点的东西。我所有的只是一个人物，一个特定的、引人入胜的少女的性格和形象，一个"主题"通常所有的各个因素，

---

① James E. Miller, Jr.（ed.），*Theory of Fiction*：*Henry James*（Lincoln：University of Nebraska Press，1972），p. 200.

② 亨利·詹姆斯：《〈一位女士的画像〉序言》，载《小说的艺术：亨利·詹姆斯文论选》，朱雯等译，上海译文出版社，2001，第283页。

当然还有背景等等，则都要建立在这个基础上。①

与乔尔·波特的观点（即修改后的伊莎贝尔仍然情绪化严重）不同，笔者认为亨利·詹姆斯的初衷是描绘一个"明达"的美国女孩。在重新接触伊莎贝尔这个人物时，詹姆斯试图消除含糊不清的地方，用清晰和智慧重塑伊莎贝尔。相应的，伊莎贝尔和她周边人物之间的相互作用也发生了变化：梅尔夫人和奥斯蒙德变得更加虚伪，骗术更加高明；更加成熟的伊莎贝尔也得到了拉尔夫更多的爱。反过来，次要人物的变化也有助于重塑伊莎贝尔的性格。当格米尼伯爵夫人在伊莎贝尔面前揭露潘茜的身世时，这一幕凸显了伊莎贝尔的成熟、理智、人性和同情心，以此来对抗梅尔夫人和奥斯蒙德的邪恶以及格米尼伯爵夫人的怪诞。此外，詹姆斯清楚地理解人物和其他元素之间的联系："在任何我们能理解的意义上，人物就是行动，行动就是情节，而任何情节都是相互关联的，即使它假装只是以中国谜题的方式让我们感兴趣，也是通过个人参照来利用我们的情感和悬念。"② 对詹姆斯来说，人物、行动和情节都是相互关联的，人物的变化能够影响小说的结构和意义。《一位女士的画像》中主要人物的变化不仅使得情节更加戏剧化，也引起了叙事的调整，赋予了小说更深刻的主题和意义。

---

① 亨利·詹姆斯：《〈一位女士的画像〉序言》，载《小说的艺术：亨利·詹姆斯文论选》，朱雯等译，上海译文出版社，2001，第281页。

② James E. Miller, Jr. (ed.), *Theory of Fiction: Henry James* (Lincoln: University of Nebraska Press, 1972), p. 200.

第三章 叙述技巧的变化：詹姆斯与现代主义

　　布拉德伯里和麦克法兰（Bradbury & McFarland）在《现代主义：
1890—1930》（*Modernism: 1890—1930*）一书中概括了现代主义小说的特征：
"关注小说自身形式的复杂性，关注内在意识的表现，关注在有序的生活
和现实表面背后的一种虚无主义的无序感，将叙述艺术从烦琐的情节决定
论中解救出来。"[①] 亨利·詹姆斯后期作品对现代小说叙事技巧的发展做
出了巨大贡献，尤其是人物意识的直接呈现和非个性化叙述。詹姆斯在他
的《奉使记》序言中指出，在长篇小说中，第一人称叙述是"注定要松弛
的"[②]，因为第一人称叙述是作者直接向读者讲述而不是展示。他更愿意

---

　　① Malcolm Bradbury and James McFarland（eds.），*Modernism：1890—1930*（Middlesex：
Penguin Books，1991），p. 393.

　　② 亨利·詹姆斯：《〈使节〉序言》，载《小说的艺术：亨利·詹姆斯文论选》，朱雯等译，
上海译文出版社，2001，第 332 页。

将人物的意识作为聚焦中心，这样读者就有空间来获得由一系列有限的心理事件所产生的印象。詹姆斯在后期作品中使用的另一种技巧是"场景法"，通过场景将情节戏剧化地呈现给读者，让读者自己去感知去判断。此外，在亨利克·易卜生的影响下，后期的詹姆斯将他的心理现实与象征主义融为一体，用隐喻和象征来戏剧化场景效果和深化小说的意义。

虽然亨利·詹姆斯并没有将《一位女士的画像》的整体风格转变为后期作品的风格，但在重写这部小说时，他偶尔会运用后期的写作技巧。通过将人物的心理意识展现给读者，并消除作家叙述者的干预，詹姆斯在修订后的文本中为读者打开了更多的阐释空间。此外，通过增加象征和隐喻，詹姆斯赋予纽约版《一位女士的画像》深刻的意义和戏剧效果。通过对前后跨越四分之一世纪的两个版本的对比，本书展现了亨利·詹姆斯早期和后期小说创作技巧的变化，有助于增加读者对詹姆斯小说的现代主义风格的深刻理解。

第一节　意识容器

亨利·詹姆斯对人物心理细致入微的描写使得他成为"心理现实主义之父"。在《小说的艺术》中，詹姆斯重新定义了真实性，进一步论证了小说与现实的关系。他赞同沃尔特·贝赞特对于真实性是评价小说的首要标准的看法，并认为小说家应该根据自己的经验写作。但詹姆斯不同意贝赞特所代表的主流观点，即小说家只能写自己熟悉的人和事，"在一个僻静的农村里长大的年轻妇女应该避免描述兵营里的生活"[①]，而是认为"人

---

① 亨利·詹姆斯：《小说的艺术》，载《小说的艺术：亨利·詹姆斯文论选》，朱雯等译，上海译文出版社，2001，第12页。

性是无边无际的，而真实也有着无数的形式；……有些虚构的花朵有着真实的气味"①。詹姆斯对小说真实性的理解是受莫泊桑影响的。在评论居伊·德·莫泊桑时，詹姆斯赞同莫泊桑对小说的看法，"任何形式的小说只不过是某种模式的观点、对世界所持的幻象"，詹姆斯认为作家的使命就是"以他所学到的并且掌握的艺术手法来忠实地再现这种幻觉"。②　对于詹姆斯而言，表现小说的真实性需要不断积累的个人经验，也需要合理的联想和想象。恰当地运用虚构与想象，能更好地表现现实生活。詹姆斯反对强加在小说上的种种限制，认为"艺术的领域涵盖了全部的生活，全部的感受，全部的观察，全部的想象"③。在詹姆斯的想象中，"一个心理上的原因就是一件生动如画、令人神往的东西"④。他认为作家的任务是表现真实的内心体验。詹姆斯喜欢探索小说人物内心深处的神秘，通过故事中人物即"意识容器"（vessel of consciousness）的眼光来观察、分析、猜测事件。主人公的经历并不是被报道，而是通过心理意识展示出来的。亨利·詹姆斯将人物凌驾于情节之上，将人物的内在心理凌驾于外在行为之上，对 20 世纪现代主义小说创作影响深远。正如唐纳德·大卫·斯通（Donald David Stone）所言，詹姆斯通过把价值观"从世界转移到他自己

---

① 亨利·詹姆斯：《小说的艺术》，载《小说的艺术：亨利·詹姆斯文论选》，朱雯等译，上海译文出版社，2001，第 13 页。

② James E. Miller, Jr.（ed.），*Theory of Fiction*：*Henry James*（Lincoln：University of Nebraska Press，1972），p. 64.

③ 亨利·詹姆斯：《小说的艺术》，载《小说的艺术：亨利·詹姆斯文论选》，朱雯等译，上海译文出版社，2001，第 23 页。

④ 亨利·詹姆斯：《小说的艺术》，载《小说的艺术：亨利·詹姆斯文论选》，朱雯等译，上海译文出版社，2001，第 26 页。

的内心世界和他自己的艺术标准，成功地挽救了现代世界的小说创作以及对小说的需求"①。1981年，弗雷德里克·詹明逊（Fredric Jameson）解释了詹姆斯在20世纪50年代成为最受欢迎的小说大师的原因："詹姆斯的视角是作为一种对物化的抗议和防御而产生的，最终成为一种强大的意识形态工具，使一个日益主体化和心理化的世界得以永存。"②由此可见，对复杂的人类意识与感知的记录成为詹姆斯的伟大成就之一。

在《一位女士的画像》的修订过程中，亨利·詹姆斯也添加了对心理意识的描写，探索了伊莎贝尔·阿彻尔的内心世界，戏剧化了她的思维方式。安东尼·马泽拉（Anthony J. Mazzella）指出，"强烈的个人亲密感不是发生在情感和身体交流的层面上，而是发生在意识和心灵的相互渗透的层面上"③，这是詹姆斯后期作品中一个引人注目的焦点。在重写《一位女士的画像》时，后期的詹姆斯也更加强调个人意识，从而使这部小说从国际化主题转变为一部心理意识的戏剧。詹姆斯在序言中宣布，故事以女主人公的意识为中心，并把"最重的砝码放在那只秤盘里，这将基本上成为她与她自己的关系的秤盘"④。詹姆斯继续肯定了这种安排的重要性："它

---

① Donald David Stone, *Novelists in a Changing World*: *Meredith*, *James*, *and the Transformation of English Fiction in the 1880's* (Cambridge: Harvard University Press, 1972), p. 337.

② Fredric Jameson, *The Political Unconscious*: *Narrative as a Socially Symbolic Act* (Ithaca: Cornell University Press, 1981), pp. 221—222.

③ Anthony J. Mazzella, "The New Isabel," *The Portrait of a Lady*: *An Authoritative Text*, *Henry James and the Novel*, *Reviews and Criticism*. Ed. Robert D. Bamberg (New York: W. W. Norton & Company, 1995), p. 615.

④ 亨利·詹姆斯：《〈一位女士的画像〉序言》，载《小说的艺术：亨利·詹姆斯文论选》，朱雯等译，上海译文出版社，2001，第290页。

们只存在于她的意识中，或者不妨说，只**活动**于她的意识中，离开了她的意识，它们便一无所有。但这种意识使它们发生了神秘的转化，转化成了戏剧的，或者用较为轻松的话说，转化成了'故事'的材料，而显示这种转化不仅是困难的，也是美的"（黑体为原文标注）①。对于詹姆斯来说，人物意识推动了故事的发展，构成了故事的材料。1908 年版小说的进展取决于伊莎贝尔意识的发展，随着伊莎贝尔对他人内心深处的探索和猜测，读者完成了对伊莎贝尔内心世界的探索。

亨利·詹姆斯将 1881 年版中人物的思想改写成更复杂、更精确的心理活动。例如，当伊莎贝尔在第十六章拒绝卡斯帕·古德伍德的示爱时，她看到他满脸通红。对于伊莎贝尔此时此刻的感情，1881 年版和 1908 年版有着两种不同的描述：

> 看到一个坚强的人陷入痛苦，对她来说是很可怕的，她立刻为她的访客感到非常难过。（1881 年版）

> 这立刻就对她产生了作用——那是古典的、浪漫的、还是救赎性的作用，她怎么知道呢？——对于她来说，"坚强的人陷入痛苦"会对人类产生吸引力，但在当前情形下他可能发挥不了多少魅力。②（1908 年版）

---

① 亨利·詹姆斯：《〈一位女士的画像〉序言》，载《小说的艺术：亨利·詹姆斯文论选》，朱雯等译，上海译文出版社，2001，第 294 页。

② Robert D. Bamberg（ed.），*The Portrait of a Lady*：*An Authoritative Text*，*Henry James and the Novel*，*Reviews and Criticism*（New York：W. W. Norton & Company，1995），p. 138.

对比可见，在 1881 年版本中，伊莎贝尔对卡斯帕·古德伍德的同情和愧疚之情被简单地描述出来，而在修订版中，詹姆斯将这句话扩展到了精神上的描述。此处的修改，一方面，赋予伊莎贝尔丰富的心理活动，并拉近了读者和伊莎贝尔之间的距离。另一方面，它显示了伊莎贝尔的理性和坚定。1881 年的伊莎贝尔摇摆不定，立刻对卡斯帕·古德伍德产生了同情，相比之下，1908 年的伊莎贝尔可以理智地控制自己的感情，尽管卡斯帕·古德伍德的脸红对她产生了影响，但这并不能改变她的决定。此外，在小说的结尾，当伊莎贝尔回到花园山庄时，詹姆斯增加了对伊莎贝尔的详细的心理描述。例如，1881 年版只是简单总结了伊莎贝尔等待时的心境，"她变得紧张，甚至害怕"，1908 年版则运用了拟人手法，对伊莎贝尔坐立不安的心情进行了更加精确和生动的描述："她变得紧张和害怕——害怕得好像她周围的物体开始显现出意识，都带着一副古怪的鬼脸，注视着她那副坐立不安的样子。"[1] 接下来，当伊莎贝尔第二次沿着图书室和画廊散步时，她表达了对过去的感慨。在 1881 年版中，伊莎贝尔感叹"物是人非"，而在 1908 年的版本中，她"嫉妒那些珍贵'物品'的稳定性，岁月没有给它们带来丝毫变化，只有价值的增长，而它们的主人却一点一点地失去自己的青春、幸福和美丽"[2]。在这里，詹姆斯通过伊莎贝尔的心理活动重新描绘了花园山庄，表达了伊莎贝尔悲伤的心境，物是人非事事休，拉尔夫·杜歇健康不再，她的丈夫和"朋友"梅尔夫人也不再是她

---

① Robert D. Bamberg（ed.），*The Portrait of a Lady*：*An Authoritative Text*，*Henry James and the Novel*，*Reviews and Criticism*（New York：W. W. Norton & Company，1995），p. 471.

② Robert D. Bamberg（ed.），*The Portrait of a Lady*：*An Authoritative Text*，*Henry James and the Novel*，*Reviews and Criticism*（New York：W. W. Norton & Company，1995），p. 471.

以前认知的淡泊名利和友好，甚至她自己也不再单纯。

在 1908 年的版本中，为了保证伊莎贝尔·阿彻尔的心理活动在小说中的中心地位，詹姆斯试图减少其他人物的心理意识。例如，詹姆斯在笔记中曾坦言不会把笔墨放在潘茜的内心想法上，"我们必须记住，我们只能看到表面——我们看不到她的推理"①。詹姆斯在他的序言中也强调，有必要削弱女主人公周围人物的心理意识，尤其是男性意识。在第二十九章，在奥斯蒙德向伊莎贝尔求婚之前，詹姆斯将奥斯蒙德几乎两页的心理活动删减到只有十行，以减少奥斯蒙德心理意识的分量。第五章，拉尔夫的心理活动有所删减，删掉了几乎一半的字数。第十三章中关于卡斯帕·古德伍德的描述也被删掉了。在 1881 年的版本中，古德伍德曾经告诉伊莎贝尔他对内战的看法和他的军事才能。但是在修订后的文本中，詹姆斯删掉了这段描述。此外，詹姆斯调整句子结构，从伊莎贝尔做主语"她回答道"（she answered that），改为虚词做主语，"这使伊莎贝尔愿意相信"（it pleased Isabel to believe that）②，将重心从人物转换到人物的心理意识。通过以上一系列修改，詹姆斯试图保证注意力的中心总是伊莎贝尔的心理意识。

亨利·詹姆斯在创作《一位女士的画像》时，在笔记中担心"整个故事的弱点在于它过于纯粹的心理描写——它对事件的依赖太少"③。然而，

---

① F.O. Matthissen and Kenneth B. Murdock（eds.），*The Notebooks of Henry James*（New York：Oxford University Press，1947），p. 17.

② Robert D. Bamberg（ed.），*The Portrait of a Lady：An Authoritative Text*，*Henry James and the Novel*，*Reviews and Criticism*（New York：W. W. Norton & Company，1995），p. 106.

③ F.O. Matthissen and Kenneth B. Murdock（eds.），*The Notebooks of Henry James*（New York：Oxford University Press，1947），p. 15.

"纯粹的心理描写"成为这部小说的突出特征之一。詹姆斯在修订版中为伊莎贝尔的心理活动倾注了更多的精力。他感兴趣的不是事件，而是伊莎贝尔对这些事情的看法。读者对人物保持深刻的印象，不是通过外在的迹象，而是通过人物的表情和心理描写。詹姆斯对人物意识的处理成为小说史上的转折点之一。詹姆斯对内心世界的强调为现代主义"意识流"写作铺平了道路，改变了人们对现实的看法。詹姆斯将小说定义为一种个人的、对生活的直接印象。"小说的大厦"拥有无数个窗口，这些窗口观察到的现实有无数种形式，取决于不同的人类意识和经验。这种经验是"一种漫无边际的感受，是悬浮在意识之室里的用最纤细的丝线织成的一种巨大无朋的蜘蛛网，捕捉着每一颗随风飘落到它的怀中来的微粒"，它"捕捉住生活的最模糊的迹象"。[①]这样，小说的主题就不局限于特定时间和地点的外部生活，书写人类意识是现代作家反映现实的另一种方式。

第二节 象征和隐喻

亨利·詹姆斯不仅善于描写心理意识，还倾向于将心理意识象征化和符号化，将人物形象或抽象概念与符号和意象反复组合，创造出深奥的哲理或无限的暗示。无论是在修订版还是在他后期的小说中，詹姆斯都经常使用隐喻和象征，以增加意义的隐晦和丰富性。在《一位女士的画像》的修订版中，他用隐喻生动地刻画人物，例如强调伊莎贝尔对自由的追求、

---

① 亨利·詹姆斯：《小说的艺术》，载《小说的艺术：亨利·詹姆斯文论选》，朱雯等译，上海译文出版社，2001，第14页。

梅尔夫人的圆滑天性和奥斯蒙德的独特性。詹姆斯还为伊莎贝尔的心理活动增加了象征意义，赋予它们更丰富的含义和更戏剧性的效果。

在修订版中，亨利·詹姆斯用一系列隐喻扩展了最初的段落来刻画人物。他经常依靠意象来描绘一个新的伊莎贝尔或者强调伊莎贝尔的独特之处。例如，在 1881 年的版本中，奥斯蒙德对伊莎贝尔很好奇，认为她是"一个令人钦佩的人"。然而，在修订版中，他对"如此罕见的幽灵"[①]感到好奇。这里伊莎贝尔被比作女神的幽灵。第二十六章，在杜歇先生的葬礼后，与 1881 年的伊莎贝尔不同，她不仅觉得自己比一年前老了，还觉得自己像"古董收藏中的一些珍品"[②]，越古老，越有价值。此外，詹姆斯用隐喻来强调伊莎贝尔追求自由的本性。当杜歇夫人开始从巴黎到意大利的旅程时，她对侄女说，现在她完全像是"自己的情妇"。但在修订版中，杜歇夫人明确表示伊莎贝尔现在有足够的钱和自由四处旅行，她补充说伊莎贝尔"像树枝上的鸟儿一样自由"（as free as the bird on the bough）[③]。除了自由鸟的形象之外，修订版中还增加了"自由的小猎犬"（a free greyhound）的形象，以强调伊莎贝尔对自由的追求。在第四章中，当詹姆斯描述伊莎贝尔的姐姐莉莲（Lilian）对伊莎贝尔的关心时，原版中写道，"这一声明使人们更加相信，她在做姐姐这方面的工作上成绩斐然"，而纽约版改成了"她恋

[①]　Robert D. Bamberg（ed.），*The Portrait of a Lady*：*An Authoritative Text*，*Henry James and the Novel*，*Reviews and Criticism*（New York：W. W. Norton & Company，1995），p. 234.

[②]　Robert D. Bamberg（ed.），*The Portrait of a Lady*：*An Authoritative Text*，*Henry James and the Novel*，*Reviews and Criticism*（New York：W. W. Norton & Company，1995），p. 276.

[③]　Robert D. Bamberg（ed.），*The Portrait of a Lady*：*An Authoritative Text*，*Henry James and the Novel*，*Reviews and Criticism*（New York：W. W. Norton & Company，1995），p. 190.

恋不舍地望着她，就像一只西班牙母猎犬看着一只自由的小猎犬"①。

除了有助于刻画人物之外，隐喻准确地展现了伊莎贝尔内心意识的全部微妙和丰富。例如，在第十七章的开头，在拒绝卡斯帕·古德伍德之后，伊莎贝尔颤抖着"像被弹坏的竖琴一样哼唱"（humming like a smitten harp），只想将自己遮盖起来，躲进"褐色的亚麻琴套"②。在原版中，亨利·詹姆斯仅用"兴奋"来描述伊莎贝尔此刻的心情，而修订版中新添加的隐喻"弹坏的竖琴"和"琴套"揭示了伊莎贝尔内心的激动和想要平静下来的意图。接下来，当描写伊莎贝尔摆脱卡斯帕·古德伍德的感觉时，詹姆斯补充道，"这就像是付清了一笔长期挂在她心头的债务，拿到了一张盖有印章的收据"③。在修订版中詹姆斯用"盖章的收据"（a stamped receipt）的比喻，表达了伊莎贝尔的宽慰感。在另一个例子中，在伊莎贝尔到达意大利之前，她很高兴在热那亚停留：

在她看来，这平静的几个星期是美好的。它们是一生中宁静的插曲。（1881 年版）

即将开始的盘旋，仍然有一种令人激动的感觉。这对她

---

① Robert D. Bamberg（ed.），*The Portrait of a Lady：An Authoritative Text*，*Henry James and the Novel*，*Reviews and Criticism*（New York：W. W. Norton & Company，1995），p. 37.

② Robert D. Bamberg（ed.），*The Portrait of a Lady：An Authoritative Text*，*Henry James and the Novel*，*Reviews and Criticism*（New York：W. W. Norton & Company，1995），p. 144.

③ Robert D. Bamberg（ed.），*The Portrait of a Lady：An Authoritative Text*，*Henry James and the Novel*，*Reviews and Criticism*（New York：W. W. Norton & Company，1995），p. 144.

的影响更像是一首平和的插曲，**是鼓声和笛声后的宁静**……①

（1908 年版，黑体为笔者标注）

　　在修订版中，"盘旋"（hovering）这个词再次勾勒出伊莎贝尔作为一只自由的小鸟自由地在意大利的天空飞行的画面。除了自由鸟之外，"鼓和横笛"（drum and fife）的隐喻为伊莎贝尔在心理上的戏剧性波动提供了一个生动而精确的形象。对比可知，伊莎贝尔的心情在修改前后是不同的，原版中，意大利之旅对伊莎贝尔来说是平静美好的，修订版中，除了平静之外，继承了巨额遗产的伊莎贝尔获得了经济上的自由，同时面对未来仍有一丝悸动，对于她来说，意大利之旅也是一场冒险，这也为伊莎贝尔与奥斯蒙德的相遇埋下伏笔。在第十二章，当沃伯顿勋爵向伊莎贝尔求婚时，詹姆斯写道，这些话是"带着温柔的渴望说出的，这深深打动了伊莎贝尔的心"，但在 1908 年的版本中，这句话被改成了"这些话说得很坦率，像两条强壮有力的手臂拥抱着她——又像一阵香气向她脸上迎面扑来，这香气便来自他那光洁的、正在呼吸的嘴唇，来自她所不知道的奇异花园，充满芳香气息的花园"②。"强壮有力的手臂"（strong arms）象征着安全感，詹姆斯用隐喻更生动、更具体地表达了伊莎贝尔对沃伯顿勋爵的感受。然而，这种安全感并不是伊莎贝尔最渴望的。修改前，詹姆斯写道，"她的想象很美好，但并没有被迷住"，修订版改为，"尽管这机会使她陶醉，

---

① Robert D. Bamberg（ed.），*The Portrait of a Lady*：*An Authoritative Text*，*Henry James and the Novel*，*Reviews and Criticism*（New York：W. W. Norton & Company，1995），p. 193.

② Robert D. Bamberg（ed.），*The Portrait of a Lady*：*An Authoritative Text*，*Henry James and the Novel*，*Reviews and Criticism*（New York：W. W. Norton & Company，1995），pp. 99—100.

但她还是像被关在巨大的笼子中的野兽一样挣扎着（as some wild, caught creature in a vast cage），试图回到深山老林中去"①。与1881年的版本不同，1908年的伊莎贝尔被比作一头渴望自由的野兽，不愿被束缚。

此外，隐喻进一步解释了伊莎贝尔对奥斯蒙德的感觉。在第二十九章，听到奥斯蒙德的表白，伊莎贝尔热泪盈眶。詹姆斯之前写道，伊莎贝尔流泪"是因为我刚才起到的那种令人愉快的痛苦所引起的更强烈的悸动。他的话中有一种巨大的甜蜜"，但是在修订版中，詹姆斯用"一个精致的门闩"（a fine bolt）的比喻改写了这段话：

> 泪水涌上了她的眼眶：这一次，她感到一阵剧痛，不知怎么的，仿佛一个精致的门闩突然插上了——向后还是向前，她说不清楚。当他站在那里的时候，他所说的话使他显得美丽而慷慨，赋予了他初秋的金色气息。②

面对奥斯蒙德的表白，伊莎贝尔想起"一个精致的门闩"，但她不知道是从前面还是后面为她关上了门。她分不清这个门闩象征自由还是约束。后来她意识到她对奥斯蒙德的热情已经失控。詹姆斯在他的修订版中补充道："就在那里，就像银行里储存的一大笔钱——现在她不得不开始支取

---

① Robert D. Bamberg（ed.）, *The Portrait of a Lady*: *An Authoritative Text*, *Henry James and the Novel*, *Reviews and Criticism*（New York: W. W. Norton & Company, 1995）, p. 100.

② Robert D. Bamberg（ed.）, *The Portrait of a Lady*: *An Authoritative Text*, *Henry James and the Novel*, *Reviews and Criticism*（New York: W. W. Norton & Company, 1995）, p. 263.

它了，这使她感到恐惧。一旦触碰它，就会失去控制，一跃而出"①。伊莎贝尔有一种自知之明，如果她对奥斯蒙德的爱被触动，就会变得狂野，无法停止。这解释了伊莎贝尔对吉尔伯特·奥斯蒙德的痴迷。与此同时，"门闩"也预示着婚后奥斯蒙德对伊莎贝尔的种种束缚。

受亨利克·易卜生的影响，亨利·詹姆斯运用象征主义来扩大意义的范围。在小说的结尾，卡斯帕·古德伍德再次表达了他的爱，并请伊莎贝尔同他一起回美国。伊莎贝尔回答说，她回罗马是为了离开奥斯蒙德。在原版中，伊莎贝尔对奥斯蒙德的热情反应平淡。她只是觉得奥斯蒙德对她的爱"包围着她，使她振作起来"，而1908年的伊莎贝尔感受到的更多：

> 她以前从未被人这样爱过。她曾经相信过，但这次不同；
> 它像沙漠里吹来的热风，所到之处，其余一切都枯死了，仿佛
> 一片花园只剩一股甜甜的香气。香气包围着她，使她振作起来，
> 而它的味道，就像一种强烈的、辛辣的、奇妙的东西，迫使她
> 张开紧咬的牙齿。②

亨利·詹姆斯在修订版中添加的段落说明，伊莎贝尔试图摆脱的是古德伍德对她的占有欲。詹姆斯用"沙漠的热风"（the hot wind of the desert）来象征伊莎贝尔的情欲冲动。她内心的压力和对这种情欲存在的焦

---

① Robert D. Bamberg（ed.），*The Portrait of a Lady*：*An Authoritative Text*，*Henry James and the Novel*，*Reviews and Criticism*（New York：W. W. Norton & Company，1995），p. 263.

② Robert D. Bamberg（ed.），*The Portrait of a Lady*：*An Authoritative Text*，*Henry James and the Novel*，*Reviews and Criticism*（New York：W. W. Norton & Company，1995），p. 488.

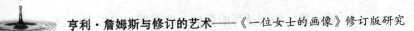

虑被视觉化了。伊莎贝尔试图控制自己的激情，但她不能否认它的力量。然后詹姆斯用水的意象来象征激情。两个版本中的伊莎贝尔都觉得"事实上，世界从未显得如此广阔；它在她周围展开，像一片波涛汹涌的海洋，在那里她漂浮在深不可测的水中"①。但是当古德伍德亲吻她时，詹姆斯最初只写了一句话："他的吻就像一道闪电；等天再次黑暗时，她自由了。"在纽约版中，詹姆斯丰富了这一场景，将其扩展成一个段落，以达到更全面的象征效果：

> 他的吻就像一道白色的闪电，一闪又一闪，久久不散；说来也奇怪，当他吻他的时候，仿佛她从他那冷酷的男子气概中感受到了令她不愉快的每一件事，他的面容、他的身材、他的神态中一切咄咄逼人的东西，都证明了其强烈的同一性，并与这种占有行为融为一体。她听说那些遇难者在沉入海底之前也会看到一系列的意象。但是当黑暗又来临时，她自由了。②

水的意象提供了意义的另一个维度。修改前的伊莎贝尔没有将恐惧和情欲结合起来。现在她害怕他的占有行为和男性权威的压迫。伊莎贝尔担心她的自我和自由会被淹没在象征情欲的水下。这最终解释了伊莎贝尔拒绝古德伍德的原因。

---

① Robert D. Bamberg（ed.），*The Portrait of a Lady*：*An Authoritative Text*，*Henry James and the Novel*，*Reviews and Criticism*（New York：W. W. Norton & Company，1995），p. 489.

② Robert D. Bamberg（ed.），*The Portrait of a Lady*：*An Authoritative Text*，*Henry James and the Novel*，*Reviews and Criticism*（New York：W. W. Norton & Company，1995），p. 489.

综上所述，亨利·詹姆斯在纽约版《一位女士的画像》中增加了很多隐喻和象征，呈现出明显的现代主义特征。隐喻和象征的使用不仅增强了修辞的力量和文体的生动性，也通过重复的符号和意象不断深化主题，丰富意义。

第三节　非个性化叙述

现代主义大师如马塞尔·普鲁斯特（Marcel Proust）、詹姆斯·乔伊斯、弗兰兹·卡夫卡（Franz Kafka）在叙述技巧上经常选择"非个性化叙述"（impersonal narrative），作家叙述者退场，不对人物评头论足。事实上，19世纪晚期，作家开始提倡在文本中"自我隐没"（self-effacement）。威廉·迪恩·豪威尔斯、弗兰克·诺里斯（Frank Norris）、亨利·詹姆斯等作家强调非个性化的、客观的叙述，主张将"作者"从文本中移除，反对作家叙述者的介入。豪威尔斯坦言不喜欢威廉·梅克皮斯·萨克雷（William Makepeace Thackeray）小说中作家叙述者的干预，他指出萨克雷总是在叙述过程中停下来对人物进行评论和解释，豪威尔斯认为"这是评论家的事，不是小说家的事。小说家的职责是将人物置于作者前面，尽量不要让作者显现"[①]。弗兰克·诺里斯也不赞同萨克雷的叙述方法，他坚持"压抑作者个性的理论"[②]。诺里斯认为小说家"越是把自己和他的故事区分开来，

---

① William Dean Howells, "My Favorite Novelist and His Best Book," *Munsey's Magazine*, Vol. 17, No. 1（1897）：19.

② Donald Pizer（ed.）, *The Literary Criticism of Frank Norris*（Austin：University of Texas Press, 1964）, p. 55.

他与故事之间的距离越遥远，他所描述的人和事就越真实，他的故事就越有自己的生命力"，"如果他的故事不是不言自明的，那就是一个糟糕的故事"。① 显然，诺里斯也反对作家以自己的身份出现在文本中，坚持作家应该从故事中抽离出来，让故事自我呈现。亨利·詹姆斯也反复强调，小说的重要性在于减少作者干预，让故事自我"展示"。他谴责英国作家安东尼·特罗洛普在其作品中以旁白或插入语的形式向读者承认了小说的虚构性，破坏了故事的真实性。② 早在 19 世纪 70 年代，在对伊凡·屠格涅夫的评价中，詹姆斯赞扬了屠格涅夫小说中戏剧性的叙述手法，即"他让情境自己说话"③。在《尴尬年代》的序言中，詹姆斯指出，戏剧中行为的神圣性就在于"谨慎的客观性"，而这种客观性就在于没有作者的"背后操纵"（going behind），詹姆斯再一次要求掩盖作者足迹，避免作者"为自己说话"，主张让场景"讲述自己的故事"。④

后期的亨利·詹姆斯从戏剧创作中汲取了新的小说叙述技巧，他认为小说要达到戏剧艺术那种效果，就要尽可能减少作者的声音，让作者隐退到人物的身后，同时，让场景戏剧性地自我展示（showing），而非讲述（telling）。珀西·卢伯克（Percy Lubbock）在《小说技巧》（*The Craft*

---

① Donald Pizer（ed.），*The Literary Criticism of Frank Norris*（Austin：University of Texas Press，1964），p. 55.

② 亨利·詹姆斯：《小说的艺术》，载《小说的艺术：亨利·詹姆斯文论选》，朱雯等译，上海译文出版社，2001，第 7 页。

③ 亨利·詹姆斯：《伊凡·屠格涅夫》，载《小说的艺术：亨利·詹姆斯文论选》，朱雯等译，上海译文出版社，2001，第 68 页。

④ Robert D. Bamberg（ed.），*The Art of the Novel*：*Critical Prefaces*（New York：Charles Scribner's Sons，1934），pp. 108，111.

of Fiction）一书中进一步解释了詹姆斯提出的"绘画式"和"戏剧式"描写的技巧。卢伯克认为绘画式和戏剧式描写的区别在于"读者与作者的关系"①。在绘画式叙述中，读者面对的是叙述者，聆听叙述者讲故事，作者与读者侃侃而谈；而在戏剧性叙述中，读者面对的是舞台，作为观众近距离观看事件的发生，没有作者的干预和评判，读者自己体会。卢伯克认为"事情必须看上去是真实的"②，而不能仅仅依靠作家的简单陈述，作家应该将故事"展示"出来，让故事自己讲述。珀西·卢伯克等詹姆斯的追随者，把客观"展示"而不是作者"讲述"的叙述策略作为伟大小说的标准。

在创作实践中，自从《悲剧的缪斯》之后，亨利·詹姆斯很少使用作家叙述者"我"。特别是在创作后期，詹姆斯在长篇小说中（例如《梅西所知道的》《奉使记》《鸽翼》和《金碗》），经常采用故事中的人物作为叙述者或观察者，使用第三人称有限视角，增加小说的戏剧性，为读者提供了更多阐释的空间。正如他在《奉使记》序言中所说的，他后期的代表作《鸽翼》和《奉使记》"完全是作为戏剧题材来处理的"③。

此外，修订版也展现了亨利·詹姆斯对戏剧性场景更成熟的运用。在《一位女士的画像》的修改中，詹姆斯试图抹去叙述者并取消其"背后操纵"的特权。因此，伊莎贝尔的经历不是被讲述的，而是通过心理意识自我表达的，给读者留下了更多的观察和思考空间。尽管如此，《一位女士的画像》并不像《奉使记》一样，将叙述视角完全限制在"意识中心"上，

---

① Percy Lubbock, *The Craft of Fiction*（London: The Travellers Library, 1926）, p. 111.

② Percy Lubbock, *The Craft of Fiction*（London: The Travellers Library, 1926）, p. 62.

③ Henry James, *The Ambassadors*（Rockville: Serenity Publishers, 2009）, p. 16.

小说中还出现了全知全能的第三人称叙述者以及作家叙述者"我"，正如玛莎·柯林斯（Martha Collins）在《叙述者、次要人物和伊莎贝尔·阿彻尔：〈一位女士的画像〉中的视角》（ "The Narrator, the Satellites, and Isabel Archer: Point of View in The Portrait of a Lady" ）一文中总结道，小说的三个部分都存在叙述技巧的变化。① 小说的第一部分通过全知全能叙述者（有时詹姆斯也使用第一人称作家叙述者），为读者提供了故事背景和信息，引导读者对人物的判断。渐渐地，在第六章之后，詹姆斯放弃了全知全能叙述者，转为研究伊莎贝尔的心理和思想，以及她周围人物对伊莎贝尔的观察。在小说第二部分（第十八章到三十五章），詹姆斯开始通过伊莎贝尔的视角观察梅尔夫人和奥斯蒙德。叙述者没有立即透露伊莎贝尔的错误判断，读者与伊莎贝尔一起对他们的关系感到困惑。在最后一部分中，叙述者将自己的声音和视觉与伊莎贝尔的声音和视觉融为一体，让读者跟随伊莎贝尔的意识去发现和思考。

为了使叙事设计更加精细，在修订版中，亨利·詹姆斯减少了"作家叙述者"的干预，尤其是在小说的第二部分。例如，在第二十八章中，在沃伯顿勋爵告诉伊莎贝尔他要离开罗马之后，詹姆斯将"**我**不打算解释原因，但是伊莎贝尔听了很难过"改为"不合理的是，伊莎贝尔现在听到这件事感到很难过"② （黑体为笔者标注）。原版中第一人称叙述者打断了伊莎贝尔的想法，也妨碍了读者对伊莎贝尔的感知的密切关注。同样，詹

---

① Martha Collins, "The Narrator, the Satellites, and Isabel Archer: Point of View in *The Portrait of a Lady*," *Studies in the Novel*, Vol. 8 (1976)：142—157.

② Robert D. Bamberg (ed.), *The Portrait of a Lady: An Authoritative Text*, *Henry James and the Novel*, *Reviews and Criticism* (New York：W. W. Norton & Company, 1995), p. 257.

姆斯在原版的第三十一章中写道，"且不说这一信条的价值何在，**我可以这样说**，如果说伊莎贝尔原先活跃在她朋友身上的想象力如今终于开始消退，那么，她和她朋友在一起的乐趣也丝毫不减"（黑体为笔者标注），修订版中被改成"不管怎样，在这些日子里，这位姑娘有一千种浪漫的感觉，比以往任何时候都要活跃"①。对比可见，删除作家叙述者的干预之后，句子的重心在于伊莎贝尔的内心想法，而不是第一人称叙述者的补充和评论。在第三十五章，格米尼伯爵夫人得知伊莎贝尔与奥斯蒙德订婚的消息后激动不已。她把伊莎贝尔拉到沙发上坐下，"她开始滔滔不绝地说着话，仿佛她坐在画架前，手里拿着画笔，正在对已经画好的人物进行一系列精心修饰似的"②。在纽约修订版中，詹姆斯用绘画时的一系列动作来描述格米尼伯爵夫人对伊莎贝尔的上下打量，反映出伯爵夫人激动而诧异的心情。而在 1881 年版本中，只有一句"她说了一百句话，**我只向读者**简略地摘录了几句"（黑体为笔者标注）。在原版中作家叙述者出面干预，打断了对伯爵夫人的描绘，同时明确告知读者作者并没有完整呈现出伯爵夫人的演讲，阻碍了读者对人物的判断。

诸如此类的细节还有很多，删除"作家叙述者"的干预，重要性在于有助于保留悬念，为读者留白。例如，在奥斯蒙德向伊莎贝尔表白前，奥斯蒙德的意识被省略了两页，亨利·詹姆斯不仅减少了女主人公周围人物的心理意识，也省略了无所不知的作家叙述者的评论："尽管**我已经尽**

---

① Robert D. Bamberg（ed.），*The Portrait of a Lady：An Authoritative Text*，*Henry James and the Novel*，*Reviews and Criticism*（New York：W. W. Norton & Company，1995），p. 275.

② Robert D. Bamberg（ed.），*The Portrait of a Lady：An Authoritative Text*，*Henry James and the Novel*，*Reviews and Criticism*（New York：W. W. Norton & Company，1995），p. 300.

量谨慎地说话了，但是**读者**或许已经对吉尔伯特的私心有所怀疑"①（黑体为笔者标注）。原版中，作家叙述者的介入和与"读者"的对话，将读者从阅读过程中打断，脱离了小说世界，并对读者提供了太多有关吉尔伯特·奥斯蒙德的评价。而纽约版中作者声音的退场保留了重要的信息，并保护了奥斯蒙德的真实的卑鄙虚伪的本质不被暴露。与此同时，另一个伪君子梅尔夫人也没有被揭露。例如，在第三十一章，经过三个月的旅行，伊莎贝尔觉得她对梅尔夫人有了更多的了解：

> 曾有一两次，伊莎贝尔感到害怕，但**读者**会被其原因逗乐的。正如**我们**所知，梅尔夫人对他人的理解、回应和同情，都准备得非常充分。（1881 年版，黑体为笔者标注）

> 有一两次，她简直有些不寒而栗，因为她的朋友使她感到那么出乎意料。②（1908 年版）

在 1881 年的版本中，"读者"和作家叙述者的参与拉开了读者和叙事之间的距离，并将读者与伊莎贝尔的思想分开。然而，修订版排除了作者声音的干扰，对梅尔夫人的介绍全部是从伊莎贝尔的视角出发，让读者体验伊莎贝尔的心理意识，分享伊莎贝尔对梅尔夫人的怀疑和觉醒。作家

---

① Robert D. Bamberg（ed.），*The Portrait of a Lady*：*An Authoritative Text*，*Henry James and the Novel*，*Reviews and Criticism*（New York：W. W. Norton & Company，1995），p. 541.

② Robert D. Bamberg（ed.），*The Portrait of a Lady*：*An Authoritative Text*，*Henry James and the Novel*，*Reviews and Criticism*（New York：W. W. Norton & Company，1995），p. 275.

叙述者不与读者直接对话，也不插入任何评论和解释，而是通过伊莎贝尔自己意识到"有一角幕布一直未曾揭开"[①]来暗示梅尔夫人的阴谋。通过观察伊莎贝尔是如何看到，以及看到了什么，读者会对真相揭露那一幕有更加深入的体会和惊讶。删除"作者声音"避免了作家叙述者对读者的引导以及对剧情的透露。

　　作家叙述者的缺席给读者留下了更多的思考空间，场景展示也是如此。在第二十七章的最后，拉尔夫和沃伯顿勋爵关于伊莎贝尔和奥斯蒙德的对话被重新改写，删除了一段陈述。[②]詹姆斯删除叙述者干预，仅仅提供对话，使这一场景更加戏剧化，使读者如置身舞台前观看戏剧一般。詹姆斯没有用叙述者的声音来引导读者，而是设计了一个隐藏在对话中的伏笔。例如，在修订版中，当沃伯顿勋爵问伊莎贝尔是否会接受奥斯蒙德时，拉尔夫回答说："如果一个人不做任何事来阻止她，也许就不会。"[③]这一变化给读者提供了一个线索，如果没有人干涉，伊莎贝尔不会嫁给奥斯蒙德，这一修改既表明了拉尔夫对伊莎贝尔的理解，又暗示了梅尔夫人背后的操纵和阴谋。这次谈话的重新改写显示了詹姆斯对戏剧场景的运用更加成熟，

---

①　Robert D. Bamberg（ed.），*The Portrait of a Lady：An Authoritative Text，Henry James and the Novel，Reviews and Criticism*（New York：W. W. Norton & Company，1995），p. 274.

②　1908 年版此处是以对话结尾，而原版中还有一段陈述："然而，就他而言，这个聚会已经解散了。伊莎贝尔一直在和这位来自佛罗伦萨的绅士谈话，直到他们离开教堂为止。她的英国情人尽可能地关注着唱诗班不断演奏的曲子，以此来安慰自己。"参见 Robert D. Bamberg（ed.），*The Portrait of a Lady：An Authoritative Text，Henry James and the Novel，Reviews and Criticism*（New York：W. W. Norton & Company，1995），p. 253.

③　Robert D. Bamberg（ed.），*The Portrait of a Lady：An Authoritative Text，Henry James and the Novel，Reviews and Criticism*（New York：W. W. Norton & Company，1995），p. 253.

给读者留下了更多的观察和思考空间。

另一个重要的变化是书的结尾。亨丽埃塔告诉卡斯帕，伊莎贝尔已经回到了罗马，原版的结尾是这样的：

> 亨丽埃塔走了出来，随手把门关上，这时她伸出手来抓住了他的胳膊。"别忙，古德伍德先生，"她说，"你等等。"
>
> 听到这话，他抬头看着她。①

这个开放式的结局引起了评论家们巨大的争议。一些批评家认为小说的"结局不好"②，缺乏最终的胜利感。奥利芬特夫人（Mrs. Oliphant）评论说，"最后一卷充满了主人公的希望和强烈欲望所带来的彻底失败……"③ 埃德尔也注意到，"今天的读者——尤其是那些寻求幸福结局的读者——倾向于认为伊莎贝尔生活的主要戏剧仍未解决"④。但是斯卡德尔（H. E. Scudder）认为这种反对意见缺乏耐心，没有辨别力。⑤ 对结局意义的批判性解读差异如此之大。在原版中，亨丽埃塔颇具争议的"你等等"给了卡

---

① Robert D. Bamberg（ed.）, *The Portrait of a Lady: An Authoritative Text, Henry James and the Novel, Reviews and Criticism*（New York: W. W. Norton & Company, 1995）, p.494.

② H. E. Scudder, "Review of 'The Portrait of a lady', " *The Atlantic Monthly*, Vol. 49（1882）: 127—128.

③ Margaret Oliphant, "Review of 'The Portrait of a Lady', " *Blackwood's Edinburgh Magazine*, Vol. 131（1882）: 380.

④ Leon Edel, *Introduction to The Portrait of a Lady*（Boston: Houghton Mifflin, 1963）, p. 20.

⑤ H. E. Scudder, "Review of 'The Portrait of a lady', " *The Atlantic Monthly*, Vol. 49（1882）: 127—128.

斯帕更多的希望。然而，亨利·詹姆斯的初衷是让伊莎贝尔拒绝古德伍德，重新启程前往罗马。詹姆斯在笔记中写到，伊莎贝尔的离开"是故事的高潮也是结束"①，因此，詹姆斯并没有安排伊莎贝尔接受卡斯帕·古德伍德的求婚，而是在修订版中重新安排了结尾：

> 说到这里，他抬起头来望着她——但从她脸上的表情，他只能猜测，她的意思只不过是说他还年轻，这使他感到厌恶。她站在那儿，用那种廉价的安慰目光望着他，这一下子就使他的生活经历增长三十年。然而，她随他一起走开的时候，仿佛她现在已经把忍耐的钥匙给了他。②

修改前的结局使读者不能判断伊莎贝尔是否回到了罗马，虽然修改后仍然是一个开放式结局，但最后伊莎贝尔回到奥斯蒙德的身边是确定无疑的，只是让读者的想象转向了伊莎贝尔回到罗马的原因和后果。马西森认为，亨利·詹姆斯一定觉得他在1881年的版本中的结局过于简短，他没有让读者明白他"所表达的不是伊莎贝尔的肯定承诺，而是亨丽埃塔拒绝接受失败的乐观主义"③。修改后的结局一方面消除了古德伍德的希望，

---

① F.O. Matthissen and Kenneth B. Murdock（eds.），*The Notebooks of Henry James*（New York：Oxford University Press，1947），p. 18.

② Robert D. Bamberg（ed.），*The Portrait of a Lady*：*An Authoritative Text*，*Henry James and the Novel*，*Reviews and Criticism*（New York：W. W. Norton & Company，1995），p.490.

③ F. O. Matthiessen，*Henry James*：*The Major Phase*（New York：Oxford University Press，1944），p.84.

另一方面表现了亨丽埃塔的乐观主义。故事悬而未决或开放式结局经常出现在詹姆斯的小说或短篇故事中，事情的全貌或本质从未告知，而是由读者自己想象和拼凑，使读者积极参与文本意义的阐释。

此外，结局的前一段也有两处改动，亨利·詹姆斯增加了卡斯帕听到伊莎贝尔要去罗马的消息时的惊讶。第一个微妙的变化是，在听说伊莎贝尔去了罗马后，卡斯帕·古德伍德结结巴巴地问："哦，她动身了？"[①]这个问号的增加提高了卡斯帕内心的语调，似乎他对伊莎贝尔的决定感到震惊。在 1881 年的版本中没有问号，相比之下，容易被误读为卡斯帕已经预测到伊莎贝尔的离开并做好了心理准备。随后在下一句中，詹姆斯删除了"转身离开"，代之以"僵硬地转身，但是他一动也不能动"[②]。修改前的卡斯帕相对表现得比较淡定，而修改后的文本赋予了卡斯帕更多的心碎和失望。

除了消除伊莎贝尔是否决定返回罗马的不确定性，加强卡斯帕·古德伍德反应的戏剧性效果外，新的结局发展出更加丰富和深刻的意义。读者永远不会为伊莎贝尔是选择卡斯帕还是回到罗马这个问题而纠结，但会把注意力转移到随后可能发生的事件：伊莎贝尔为什么会回到罗马？是因为她的责任感、自由的品质还是婚姻的社会规范？她将如何对待奥斯蒙德？继续扮演好妻子和贤惠继母的角色，还是成为现代独立女性？最后一幕没有停留在古德伍德，也没有把注意力转向亨丽埃塔，相反，画面悄悄地移动，淡出屏幕，留给读者无限遐想。多米尼克·巴扎内拉（Dominic Bazzanella）

---

① Robert D. Bamberg（ed.）, *The Portrait of a Lady: An Authoritative Text, Henry James and the Novel, Reviews and Criticism*（New York: W. W. Norton & Company, 1995）, p. 490.

② Robert D. Bamberg（ed.）, *The Portrait of a Lady: An Authoritative Text, Henry James and the Novel, Reviews and Criticism*（New York: W. W. Norton & Company, 1995）, p. 490.

发现，这部作品的结局"既不是人物的意识，也不是叙事的'入侵'"①，而是让他的人物决定自己的命运。詹姆斯压制了作家叙述者，给读者留下了一个深入思考整部小说意义的空间。正如詹姆斯的笔记所显示的，他预测对他的故事结局的批评将会是"故事还没有结束——我还没有看到女主角的结局——我已经将她留在了空中"。但詹姆斯辩解："这是对的，也是错的。任何事情的全部都不会被告知；你只能把所有细节组合在一起。我所做的已经达到了这种一体性——组合在一起。它本身是完整的……"②情节看似未完成，但詹姆斯完成了他对伊莎贝尔心理意识的刻画。詹姆斯想要做的是让读者把小说作为一个整体来思考，而不需要叙述者确认结局的意义。通过这种方式，詹姆斯为伊莎贝尔创造了自由的可能性，强化了结局所揭示的主题——自由、婚姻、女权主义等等，这些将在下一章中讨论。

在第二章中，我们提到了人物和小说其他元素之间的联系。本章进一步阐述了人物塑造与叙述技巧的关系。一方面，伊莎贝尔更加聪明主要表现在她不断增强的意识和用象征和隐喻深化的思想上。另一方面，为了保证伊莎贝尔心理意识的中心地位，亨利·詹姆斯需要抑制女主人公周围人物的心理意识，就像他在序言中所描述的那样。实际上，他不仅避免了其他人物的心理意识超越伊莎贝尔，而且避免了作家叙述者的干预。詹姆斯恰当地隐退了作者，代之以女主人公的声音或意识，并邀请读者来解读和完成这部小说。

---

① Dominic J. Bazzanella, "The Conclusion to *The Portrait of a Lady* Re-examined," *American Literature*, Vol. 41（1969）：63.

② F.O. Matthissen and Kenneth B. Murdock（eds.）, *The Notebooks of Henry James*（New York：Oxford University Press, 1947）, p. 18.

第四章　主题变化

　　人物塑造和叙述技巧的修改，共同影响了小说的主题。亨利·詹姆斯试图通过改进小说的语言和风格来强化主题。1881 年版出版 27 年后，60 多岁的詹姆斯不仅掌握了小说叙述的新技术，还获得了丰富的人生体验，思想也随之改变。19 世纪末到 20 世纪初的美国和欧洲正经历着工业化、城市化发展，旅行、通信等新技术带来了巨大的经济和政治变革。这些社会、经济、文化的改革和变化使得詹姆斯对欧美文化、自我和自由意识、女性权力等问题有了新的思考和感悟。在修改《一位女士的画像》时，詹姆斯对其主题有了全新的思考。在新的《一位女士的画像》中，詹姆斯减少了美国人和欧洲人之间的文化冲突，自由的主题也被赋予了新的含义。在小说的结尾，伊莎贝尔放弃了盲目而抽象的自由观，获得了一种新的自我观念，即一个人应该认识到自由与社会的联系，接受自由自身的约束并承担责任。此外，在修订版中，詹姆斯探讨了"女性问题"和"新女性"（new woman），肯定了伊莎贝尔作为"新女性"的品质。

第一节 流亡的美国人

亨利·詹姆斯创作生涯的早期以"国际主题"而闻名。在他的小说中，美国人多半拥有伊甸园中的纯真，受到世故圆滑的欧洲人的侵害，例如，他在《热情的朝圣者》《罗德里克·哈德森》《美国人》《黛茜·密勒》中对比了新旧大陆的礼仪、观念、理想和偏见。《一位女士的画像》长期以来被认为是詹姆斯的"国际主题"的代表作之一。但路易斯·奥金克洛斯（Louis Auchincloss）认为，"国际主题"不适用于《一位女士的画像》，因为这部小说强调的是人物作为个体，而不是作为他们文化的代表。[①]笔者认为小说考察的是美国人在欧洲的命运的社会文化问题，而不是美国人与欧洲人的文化冲突。

一方面，亨利·詹姆斯在纽约版中戏剧化地表现了美国人和欧洲人之间的文化冲突到文化融合的过程。在小说的第一部分，詹姆斯加强了初到欧洲的美国人（如伊莎贝尔·阿彻尔、卡斯帕·古德伍德和亨丽埃塔·斯塔克波尔）对欧洲的偏见。然而在小说的后半部分，詹姆斯削弱了他们的文化身份，表达了詹姆斯对欧美文化融合的世界主义理想。例如，在小说的开头，在第三章中，杜歇夫人不喜欢"英国"，但在修订版中，文本被替换为"英国的生活方式"；她受够了的"英国文明"的那些细枝末节，在修订后的文本中变成了"古老秩序"。[②]此处修订表明，他们之间的冲

---

① Louis Auchincloss, "The International Situation: *The Portrait of a Lady*," *Reading Henry James*（Minneapolis: University of Minnesota Press, 1975）, pp. 56—70.

② Robert D. Bamberg（ed.）, *The Portrait of a Lady: An Authoritative Text*, *Henry James and the Novel*, *Reviews and Criticism*（New York: W. W. Norton & Company, 1995）, p. 31.

突是文化问题，而不是国家问题。初到欧洲的美国人的偏见在此次修订中得到了强化。在第六章中，伊莎贝尔表达了她对阶级歧视的厌恶，认为英国人很保守，但在修订版中变成了"愚不可及的保守"①。在第一版中，读者们被告知，伊莎贝尔认为莫利纽克斯小姐（Miss Molyneux）的银十字架含有某种"浪漫的含义"，但在修订版中，她认为银十字架与"英国国教某种不可思议的神秘"有关②。同样，从亨丽埃塔的话来看，她对欧洲人有一种刻板的偏见。修订后的文本强调了她对美国的忠诚和对欧洲堕落的厌恶。在第十三章中，当亨丽埃塔和拉尔夫交谈时，她坚持认为美国人更简单，他们是"朝气蓬勃、生来自由的美国人"③，而修改前只是写道"他们仅仅只是美国人"。从以上句子可以看出，亨丽埃塔一直在强调美国人的自由美好和欧洲人的怪异保守之间的对比。此外，亨丽埃塔还担心伊莎贝尔会受到欧洲文化的影响。原版中亨丽埃塔认为伊莎贝尔"如今已经不同了"，修订版中詹姆斯改为伊莎贝尔"已经不像以前那么美丽了"④。在修订版中，亨丽埃塔多次称"欧洲人"为"堕落的欧洲人"（the fell European）⑤。由此可见，亨利阿塔认为美国精神是天真和美丽的，欧洲精

① Robert D. Bamberg（ed.），*The Portrait of a Lady*：*An Authoritative Text*，*Henry James and the Novel*，*Reviews and Criticism*（New York：W. W. Norton & Company，1995），p. 60.

② Robert D. Bamberg（ed.），*The Portrait of a Lady*：*An Authoritative Text*，*Henry James and the Novel*，*Reviews and Criticism*（New York：W. W. Norton & Company，1995），p. 115.

③ Robert D. Bamberg（ed.），*The Portrait of a Lady*：*An Authoritative Text*，*Henry James and the Novel*，*Reviews and Criticism*（New York：W. W. Norton & Company，1995），p. 108.

④ Robert D. Bamberg（ed.），*The Portrait of a Lady*：*An Authoritative Text*，*Henry James and the Novel*，*Reviews and Criticism*（New York：W. W. Norton & Company，1995），p. 109.

⑤ Robert D. Bamberg（ed.），*The Portrait of a Lady*：*An Authoritative Text*，*Henry James and the Novel*，*Reviews and Criticism*（New York：W. W. Norton & Company，1995），p. 109.

神是堕落的，因此她感到伊莎贝尔受到欧洲精神的毒害，已经不像以前那样拥有自由美丽的灵魂了。此外，卡斯帕·古德伍德初到欧洲时，对欧洲人也心存偏见。在第十六章，古德伍德反对伊莎贝尔嫁给沃伯顿勋爵，因为他是英国人，并表明自己不会与英国人成为朋友。此时，伊莎贝尔问道："请问，英国人不也是人吗？"1881 年版中古德伍德的回答是"哦，不，他是超人。"而在 1908 年版本中，詹姆斯修改为"哦，那些人吗？他们跟我不是同一类人，我不在乎他们会变成什么样"[1]。显然古德伍德在英国人和美国人之间划了深深的界限，但是对于伊莎贝尔来说，在经历了欧洲的体验和感受之后，她认为英国人和美国人没有区别。

在后面的文本中，亨利·詹姆斯消除了伊莎贝尔眼中美国人和欧洲人之间的对立。以伊莎贝尔对待杜歇夫人的女仆的看法为例：

英国佣人并不热情洋溢，她尤其感到她姨妈的女仆待她太冷淡了。这位年轻的来自**奥尔巴尼**的小姐也许对于女仆主动提供的帮助不屑一顾，因为在奥尔巴尼的年轻女士们都对梳妆打扮非常精通。（1881 年版，黑体为笔者标注）

执行命令的同时总会伴随着守口如瓶，她尤其意识到，姨妈的女仆待她太冷淡了，或许因为不太信任，她从女仆的手中溜走了……[2]（1908 年版）

---

① Robert D. Bamberg（ed.），*The Portrait of a Lady: An Authoritative Text, Henry James and the Novel, Reviews and Criticism*（New York: W. W. Norton & Company, 1995），p.141.

② Robert D. Bamberg（ed.），*The Portrait of a Lady: An Authoritative Text, Henry James and the Novel, Reviews and Criticism*（New York: W. W. Norton & Company, 1995），p. 151.

对比可知，亨利·詹姆斯去掉了"英国佣人"（the British domestic）和"奥尔巴尼的年轻女士"（the young lady from Albany）这两个带有区域标志的词语，因此女仆的古板行为与她的文化无关，伊莎贝尔擅长梳妆打扮也与她的国籍无关，避免了"英国仆人"和"美国小姐"的冲突。在修订版中，詹姆斯试图将注意力转移到个人身上，而不是文化冲突。通过对欧洲文化和人民的观察与了解，伊莎贝尔对欧洲的误解逐渐减少了。这一修订表明，通过沟通和交往，可以减少文化冲突与偏见，表现了詹姆斯的世界主义理想。

另一方面，小说中欺骗伊莎贝尔的并不是欧洲人。沃伯顿勋爵是一位英国绅士，谦逊、有涵养，是一个改革家，主张一律平等，反对古老的教条。小说中奸诈老练、世故圆滑的梅尔夫人和吉尔伯特·奥斯蒙德并不完全是欧洲人，而是无根的美国人。梅尔夫人和奥斯蒙德都出生在美国，从小就离开了他们的出生地去欧洲生活。他们既是美国人又是欧洲人——或者两者都不是。梅尔夫人在第十九章中说，他们是"一群可怜的人"，并且"在这里没有自然的位置"。①奥斯蒙德"没有事业，没有名字，没有职位，没有财富，没有过去，没有未来，什么都没有"②。他们是住在欧洲的美国人，欧洲对他们来说毫无意义，没有身份认同和归属感。在陌生环境的压力下，他们不得不选择自己的生存方式。当伊莎贝尔和她的姨妈拜访住在香榭丽舍大街的同胞们时，伊莎贝尔在1881年的版本中认为，他们的"生活方式是肤浅的"，但在纽约版中，伊莎贝尔了解到"他们的生活虽

① Robert D. Bamberg（ed.），*The Portrait of a Lady*: *An Authoritative Text*，*Henry James and the Novel*，*Reviews and Criticism*（New York：W. W. Norton & Company，1995），p. 171.

② Robert D. Bamberg（ed.），*The Portrait of a Lady*: *An Authoritative Text*，*Henry James and the Novel*，*Reviews and Criticism*（New York：W. W. Norton & Company，1995），p. 172.

然奢侈，却是空虚的"①。修订前的文本展现的是伊莎贝尔对他们的蔑视，而修订后表现的是伊莎贝尔对他们的同情和理解。对于像梅尔夫人和奥斯蒙德这样没有金钱和社会地位的美国人来说，他们必须定义自己的人生价值。世故、老练、伪装成为梅尔夫人生存的工具。为了让自己的女儿得到一大笔财富，过上更好的生活，梅尔夫人操纵伊莎贝尔成为潘茜的继母，并希望潘茜能够嫁给沃伯顿勋爵。奥斯蒙德比梅尔夫人更自私，他把周围的人当作满足自己欲望的对象和工具。他渴望成功和受人钦佩。第二十八章的最后一段，亨利·詹姆斯重写了吉尔伯特·奥斯蒙德的野心，他把"吉尔伯特·奥斯蒙德对英国贵族极其景仰"改成了"吉尔伯特·奥斯蒙德对这一贵族阶级极其景仰；与其说是因为它的卓越（他认为这是很容易超越的），不如说是因为它那强大的实力"②。此处修订分散了读者对"英国"贵族的注意力，并指出，奥斯蒙德追求的不是名誉，而是贵族拥有的地位和能力，与国籍无关。奥斯蒙德和梅尔夫人的邪恶不属于欧洲，而是在于他们个人生活的价值观。欧洲无家可归的美国人必须找到他们生活的意义，伊莎贝尔同为身处欧洲的美国人，与奥斯蒙德和梅尔夫人的价值观不同，她的职责是给予，而不像另外两位一样一味地索取。

此外，无辜的美国人和老练的欧洲人之间的二元对立在纽约版中被打破了。以第十九章为例，当谈到美国时，梅尔夫人在1881年的版本中说她对"出生的土地"知之甚少，而在1908年的版本中，亨利·詹姆斯把她的

---

① Robert D. Bamberg（ed.），*The Portrait of a Lady*：*An Authoritative Text*，*Henry James and the Novel*，*Reviews and Criticism*（New York：W. W. Norton & Company，1995），p.183.

② Robert D. Bamberg（ed.），*The Portrait of a Lady*：*An Authoritative Text*，*Henry James and the Novel*，*Reviews and Criticism*（New York：W. W. Norton & Company，1995），p.258.

话改成了对"那个辉煌、可怕、有趣的国家——当然是最伟大、最滑稽的国家"①知之甚少。这意味着美国对梅尔夫人来说既有优点也有缺点,不仅美丽、辉煌、有趣,而且可怕而滑稽。正如本书在第一章中所讨论的,在詹姆斯的中年时期,他抛弃了纯真的美国人这一想法。他意识到美国人和欧洲人都有缺点和优点,旧的欧洲大陆和新的美国的腐败和美德只不过是"同一主题的不同章节"②。1888 年末,亨利·詹姆斯写了一封反思性的信给威廉·詹姆斯:

> 我无法再去看待英国和美国世界,也无法再去感受它们,除非作为一个庞大的盎格鲁-撒克逊整体,它们注定要融合在一起,以至于坚持它们之间的差异变得越来越无聊和迂腐……我毫不犹豫地说,我渴望以这样一种方式写作,以至于局外人不可能说我在某个特定的时刻是一个写英国的美国人还是一个写美国的英国人(就像我对待两国一样),而且我也不会为这种模棱两可感到羞耻,我应该为此感到非常自豪,因为这将是高度文明的。③

经过对欧美文化的体验和反思后,亨利·詹姆斯希望站在一个世界主义者的角度进行小说创作,关注每种文化的局限性以及优秀品质,新旧大陆没有优劣之分。这种"高度文明的"创作身份正是詹姆斯在年轻时期对世界主义

---

① Robert D. Bamberg(ed.), *The Portrait of a Lady: An Authoritative Text, Henry James and the Novel, Reviews and Criticism*(New York: W. W. Norton & Company, 1995), pp. 170—171.

② Leon Edel(ed.), *Henry James Letters Vol. 3*(Cambridge: Belknap Press, 1980), p. 244.

③ Leon Edel(ed.), *Henry James Letters Vol. 3*(Cambridge: Belknap Press, 1980), p. 244.

者的设想，早在 1877 年，詹姆斯就写道："忽然有这样的一个时刻，不管是在哪儿发现一种风俗，似乎都已使你觉得和另外一种风俗一样具有局限性，那么我想可以说你已成为一个世界主义者。"[①]《一位女士的画像》修改后，詹姆斯试图表达美国人和欧洲人都在互相塑造，邪恶在地域上没有区别。伊莎贝尔以及梅尔夫人和奥斯蒙德的命运是个人选择的结果，如果这个故事的背景发生在美国或其他地区，伊莎贝尔可能仍然会被梅尔夫人和奥斯蒙德所欺骗。

国内外学者普遍认为亨利·詹姆斯在早期的"国际主题"小说中展现了欧美文化的冲突，而在晚期的三部代表作《奉使记》《鸽翼》和《金碗》中表达了欧美文化融合的理想。正如艾德琳·丁特纳（Adeline R. Tintner）在《亨利·詹姆斯的世界主义世界》（ *The Cosmopolitan World of Henry James* ）中指出的，詹姆斯在欧洲居住了 15 年后，"他开始逐渐成为一个世界主义者，从而褪去他美国民族主义的偏见……早期的国际主题小说展示的是欧美角色的对抗，但在 1898 年后，英国人和美国人的角色是可以互换的。英国人和美国人现在变成了一个人，住在伦敦，是（詹姆斯整个）世界主义戏剧人物的一部分"[②]。通过对《一位女士的画像》两个版本的对比，我们可以看出，不仅在后期作品中，詹姆斯在对前期作品的修订中也表现了从文化碰撞到文化融合的世界主义的理想。

尽管《一位女士的画像》以欧洲为背景，但主要讲述了美国人在欧洲面临的命运。在修订版中，亨利·詹姆斯一开始加深了美国人对欧洲的误

---

① 王银瓶：《亨利·詹姆斯与三种思想文化思潮》，上海交通大学出版社，2015，第 79 页。

② 王银瓶：《亨利·詹姆斯与三种思想文化思潮》，上海交通大学出版社，2015，第 72 页。持相同观点的还有国内学者丁璞，参见丁璞：《论亨利·詹姆斯小说中欧美文化冲突的内涵》，载《江西社会科学》，2009 年第 6 期，第 118—121 页。

解，随后又消除了美国人和欧洲人之间的冲突，从而增强了戏剧性张力。美国人并不比欧洲人更有道德，他们的命运取决于角色在面对生活艺术时的个人选择。此外，作者的个人偏见影响了他的作品艺术。随着詹姆斯文化身份的改变——美国人到世界主义者的转变——他改变了对欧美文化的态度，因此纽约版是对早期詹姆斯偏见的修正。

第二节　自由与自我

通过对《一位女士的画像》修订版中人物性格和技巧变化的探讨，我们发现在修订版中，伊莎贝尔·阿彻尔追求自由的天性在人物塑造和隐喻运用上都得到了强调。自由是这部小说的一个重要主题。亨利·詹姆斯笔下的美国年轻女孩经常为保护个人的"正直与自由不受世界侵犯"[①]而斗争。伊莎贝尔的命运和苦难取决于她对自由的追求和她选择的自由。正是她天真、盲目和抽象的自由观给了奥斯蒙德和梅尔夫人充分利用的机会。包括利昂·埃德尔在内的一些批评家认为伊莎贝尔是"爱默生式自立的美国人，是先验运动的孩子"[②]。但是，伊莎贝尔的自由观念一直保持不变吗？伊

① Christof Wegelin, *The Image of Europe in Henry James*（Dallas：Southern Methodist University Press，1958），p. 58.

② Leon Edel，"The Myth of America in 'The Portrait of a Lady'，" *The Henry James Review*，Vol. 7(1986)，8—17. 许多批评家也持同样的观点。参见 Philip Rahv, *Image and Idea*（Norfolk：New Directions，1949）. Richard Chase, *The American Novel and Its Tradition*（New York：Anchor Books，1957）. Quentin Anderson, *The American Henry James*，（New Brunswick：Rutgers University Press，1957）. Richard Poirier, *The Comic Sense of Henry James*（New York：Oxford University Press，1960）. Paul John Eakin, *The New England Girl*（Athens：University of Georgia Press，1976）.

莎贝尔选择返回罗马的结局有什么意义？詹姆斯对自由的强调和结尾的重新安排促使读者重新考虑自由的含义。这部小说展示了伊莎贝尔自由观念的变化过程——从盲目到成熟。

伊莎贝尔是詹姆斯笔下典型的美国女孩，天真、自由、聪慧，自童年时期，伊莎贝尔就追求自由，她没有接受学校的基础教育，仅上了一天学。原版中伊莎贝尔对学校"十分厌恶"，而纽约版中詹姆斯给出了具体的原因："她对学校的规则表示了抗议。"① 通过修改，亨利·詹姆斯更加强调了伊莎贝尔从小就向往自由，不愿接受教条和规则的约束。在小说的第一部分，伊莎贝尔对自由与自我有自己的定义：个人自由与社会形式的对立。伊莎贝尔坚持个人自助自立的信念，不接受任何社会风俗的限制和束缚。伊莎贝尔和梅尔夫人在第十九章的著名对话就是例证。梅尔夫人认为一个人的附属物都是"一个人自我的表现"②。她断言"自我"必须考虑环境，"自我"不能脱离社会形态和个人归属而独立存在。梅尔夫人将自我看作社会建构的产物，正如威廉·詹姆斯在《心理学原理》中提出的，物质的、社会的和精神的范畴是整个自我的组成部分："一个人的自我，就它的尽可能最广的意义说，是一切他能够叫作'他的'之总和，不仅包括他的身体和他的心理能力，而且包括他的衣服和他的房屋，他的妻室和儿女，他的祖宗和朋友，他的名誉和成绩，他的地产和马，以及游船和银行存款。"③

---

① Robert D. Bamberg（ed.），*The Portrait of a Lady：An Authoritative Text*，*Henry James and the Novel*，*Reviews and Criticism*（New York：W. W. Norton & Company，1995），p. 33.

② Robert D. Bamberg（ed.），*The Portrait of a Lady：An Authoritative Text*，*Henry James and the Novel*，*Reviews and Criticism*（New York：W. W. Norton & Company，1995），p. 175.

③ 威廉·詹姆斯：《心理学原理》，唐钺译，北京大学出版社，2013，第 87 页。

相反，早期的伊莎贝尔认为，"任何属于我的东西都不能成为衡量我的尺度；相反，一切都是一种限制，一种障碍，一种完全带有偶然性的东西"。[①]对伊莎贝尔来说，社会条件意味着限制和障碍，使她无法表达纯粹的自我，无法进行自由选择。

伊莎贝尔选择丈夫主要是为了自由。在纽约版中，伊莎贝尔根据与她的追求者们在一起的生活是否会提供想象的自由来考虑他们的求婚。例如，在1881年版中，伊莎贝尔拒绝了沃伯顿勋爵的求婚，詹姆斯指出，失败的原因是"这种想法与任何幸福的愿景都不相符"。在修订版中，亨利·詹姆斯表达得更加准确，强调了伊莎贝尔对自由限制的恐惧，詹姆斯改写为："这个想法并不能支持任何开明的理想，不能支持她迄今为止所接受的或现在能够接受的对生活的自由探索。"[②]虽然沃伯顿勋爵能够为她提供金钱和地位，但是这些因素对于伊莎贝尔来说是一种束缚。1881年版中，嫁给沃伯顿勋爵可能包含"令她不愉快的因素"，在修订后的文本中，詹姆斯给出了一个更具体的理由，即沃伯顿勋爵为伊莎贝尔带来的机会可能包含一些"压迫性的，狭窄的因素，可能只是一种令人麻木的止痛剂"[③]。这也证明了1908年版的伊莎贝尔具有更加清醒和理智的头脑，她清楚地知道嫁给沃伯顿勋爵是一种约束，对于伊莎贝尔来说，沃伯顿勋爵代表着传统风俗和礼仪，一种束缚她的社会制度。她关心的是自由，而不是幸福、

---

① Robert D. Bamberg（ed.），*The Portrait of a Lady：An Authoritative Text，Henry James and the Novel，Reviews and Criticism*（New York：W. W. Norton & Company，1995），p. 175.

② Robert D. Bamberg（ed.），*The Portrait of a Lady：An Authoritative Text，Henry James and the Novel，Reviews and Criticism*（New York：W. W. Norton & Company，1995），p. 101.

③ Robert D. Bamberg（ed.），*The Portrait of a Lady：An Authoritative Text，Henry James and the Novel，Reviews and Criticism*（New York：W. W. Norton & Company，1995），p. 101.

金钱或社会地位。卡斯帕·古德伍德也不能为伊莎贝尔提供自由。他是个善于管理人的商人。伊莎贝尔拒绝古德伍德，因为她不能容忍她的自由被削弱。

本书的第二章已经讨论过，伊莎贝尔选择奥斯蒙德的原因在于他所伪装出的淡泊名利。他一无所有却不追求名利，他不受社会的限制，自由地表达自己。在伊莎贝尔看来，奥斯蒙德是一个高雅、独立、纯洁的人，因此是一个自由的人。此外，奥斯蒙德承诺为伊莎贝尔保留个人空间，尊重她的自由，他告诉伊莎贝尔"你可以做你选择的事情，你可以漫游太空"[①]。吸引伊莎贝尔的是他"最善良、最温和、最崇高的精神"和从社会结构的依附和纠缠中解脱出来的自由。梅尔夫人也是如此。以第二十八章为例，当伊莎贝尔第一次见到梅尔夫人时，来访者的脸给伊莎贝尔留下了一个印象，"这张脸显示出一种丰富的天性和灵动、自由的表情"[②]，这进一步证明了梅尔夫人对于伊莎贝尔的吸引力在于她的自由感。

亨利·詹姆斯在修改版中加强了伊莎贝尔作为美国人的自由特质，如在沃伯顿勋爵的眼中，伊莎贝尔的行为"如此年轻和自由"[③]（1881版为"年轻和灵活"）。然而，伊莎贝尔·阿彻尔对生活的孤立、盲目和抽象的"自由探索"方式与现实是无法联系的。乔纳森·沃伦（Jonathan

---

① Robert D. Bamberg（ed.），*The Portrait of a Lady*: *An Authoritative Text*，*Henry James and the Novel*，*Reviews and Criticism*（New York: W. W. Norton & Company, 1995），p. 261.

② Robert D. Bamberg（ed.），*The Portrait of a Lady*: *An Authoritative Text*，*Henry James and the Novel*，*Reviews and Criticism*（New York: W. W. Norton & Company, 1995），p. 153.

③ Robert D. Bamberg（ed.），*The Portrait of a Lady*: *An Authoritative Text*，*Henry James and the Novel*，*Reviews and Criticism*（New York: W. W. Norton & Company, 1995），p. 181.

Warren）断言伊莎贝尔的自由是"一种永远推迟的潜力，一种迫在眉睫的姿态"[①]的幻觉。她的未来总是近在眼前，却从未实现。她想象自己可以自由选择，但她喜欢的奥斯蒙德的是她想象中的人物。她宣称要有自由判断事情的权力，不管结果是对是错。因此，当伊莎贝尔宣布与奥斯蒙德结婚时，她拒绝了别人的建议，认为她结婚只是为了取悦自己。亨丽埃塔曾经劝说伊莎贝尔："你不能总是随心所欲，你有时必须取悦他人。"[②]伊莎贝尔的自我专注和自我中心使她忽视了自我与社会之间的互动。

在经历了痛苦和沉思之后，伊莎贝尔重新审视她自由的本质，在小说的结尾，伊莎贝尔理解了自由的真正含义："一种自相矛盾的自我自由，它有意识地接受自身的约束，并为自己所做的选择承担责任。"[③]王银瓶认为，"詹姆斯对超验个人主义的扬弃不是一蹴而就的。他的态度是从单纯的超验主义逐渐走向自由与责任并存的自由观"[④]。《一位女士的画像》中的伊莎贝尔也经历了同样的蜕变，从天真走向成熟，从追求超验主义的自我转变为追求社会伦理形式中的个人自由。拉尔夫去世后，伊莎贝尔从杜歇太太那里看到，姨妈的自我专注使她变得冷漠和麻木不仁。儿子死后，杜歇太太的反应是："毕竟，这种事情发生在别人身上，而

① Jonathan Warren，"Imminence and Immanence: Isabel Archer's Temporal Predicament in *The Portrait of a Lady*，" *The Henry James Review*，Vol. 14（1933）：1—16.

② Robert D. Bamberg（ed.），*The Portrait of a Lady: An Authoritative Text, Henry James and the Novel, Reviews and Criticism*（New York：W. W. Norton & Company，1995），p. 188.

③ Emory Elliott（ed.），*Columbia Literary History of the United States*（New York：Columbia University Press，1988），p. 676.

④ 王银瓶：《亨利·詹姆斯与三种思想文化思潮》，上海交通大学出版社，2015，第72页。

不是她自己身上。死亡是不愉快的，但在这种情况下，这是她儿子的死亡，而不是她自己的死亡。"[1] 杜歇夫人被描绘成一个不受婚姻束缚的自由女性。她与丈夫和儿子分居两地，很少和家人团聚。但最终，伊莎贝尔意识到，这种不承诺和以自我为中心的自由最终会导致一种虚无和冷漠的状态。因此，当古德伍德提出他们应该不顾一切、随心所欲时，伊莎贝尔不能同意。古德伍德对自由的概念与最初的伊莎贝尔相同，认为自由不能受到社会形态和伦理道德的限制："什么能够阻碍我们，谁有丝毫权利在这个问题上干涉我们？这样的问题是我们两人之间的事——说出来就可以解决了！"[2] 但是经历过蜕变后的伊莎贝尔已经放弃了狭隘、盲目和空洞的自由观念。现在她对自由的想法是理性的，她已经意识到自由和自我实现不能脱离社会限制。

综合以上分析，我们很难接受这样一个普遍的观点，即在道德束缚的压力下，伊莎贝尔返回罗马是悲剧和不可避免的。同样难以同意的是，为了兑现对潘茜的承诺，伊莎贝尔放弃了自己的幸福，选择了无私奉献。在纽约版中，伊莎贝尔确实变得更加成熟，并且遵从社会契约。对伊莎贝尔来说，潘茜不再是"小女儿"，相反，"潘西已经代表了她所能提供的部分服务，所能承担的部分责任"[3]。对伊莎贝尔来说，潘茜是一种责任，

---

[1] Robert D. Bamberg（ed.），*The Portrait of a Lady*：*An Authoritative Text*，*Henry James and the Novel*，*Reviews and Criticism*（New York：W. W. Norton & Company，1995），p. 481

[2] Robert D. Bamberg（ed.），*The Portrait of a Lady*：*An Authoritative Text*，*Henry James and the Novel*，*Reviews and Criticism*（New York：W. W. Norton & Company，1995），p. 489.

[3] Robert D. Bamberg（ed.），*The Portrait of a Lady*：*An Authoritative Text*，*Henry James and the Novel*，*Reviews and Criticism*（New York：W. W. Norton & Company，1995），p. 298.

而不是女儿。女儿意味着血缘关系，而责任意味着这段婚姻是一份契约，她已经意识到个人应该承担的责任以及个人与社会的关系。伊莎贝尔返回罗马不是迫于任何压力，而是出于她真正自主的选择。就像她离开古德伍德后一样，她"曾不知道该去向哪里，但是她现在知道了。有一条康庄大道就在她的面前"①，她已经获得了一种新的自由感，她带着新的愿景、新的自我和新的自由回到罗马。伊莎贝尔选择面对责任，接受个人局限，并在生活和社会形态之间保持平衡。小说的情节发展"表现了伊莎贝尔对于个人自由与社会形式之间关系的重构"②，笔者认为，亨利·詹姆斯对小说的修订更加突出了伊莎贝尔自由观的转变。

第三节　"新女性"

维多利亚时代的女性被认为是男性的附属品。在公共和私人领域中，妇女没有决定权和选择权，她们在家庭和社会生活中被规训一切应服从于男权。根据 1835 年阿历克西·德·托克维尔（Alexis de Tocqueville）在《论美国民主》（*Democracy in America*）中的记载，女性不参与商业或政治，她们从不处理"家庭的外部关系"，而是被限制在"安静的家庭职责范围内"。男人的职责和女人的职责被仔细划分，"以便更好地完成社会的伟

---

① Robert D. Bamberg（ed.），*The Portrait of a Lady*：*An Authoritative Text*，*Henry James and the Novel*，*Reviews and Criticism*（New York：W. W. Norton & Company，1995），p. 490.

② 毛亮：《自由的重构：〈一位女士的画像〉中的婚姻与自我》，载《外国文学》，2009年第 1 期，第 47 页。

大工作"。[1]维多利亚时代的女性被束缚在家庭与婚姻当中，就连医学上也将女性的职责定义为繁衍后代，1888 年，一位医学博士宣称："什么是女人的工作？是大自然把繁殖的重担强加给了她。女人的其他工作自然就来了……女人是家庭的创造者和管家，这就是上帝对她的意义——仅此而已。"[2]19 世纪晚期，女权运动兴起，女性开始追求独立、自由和平等，争取受教育和选举的权力。一种独立、直言不讳、蔑视传统的"新女性"形象开始出现在美国文学和社会中，以挑战维多利亚时代的社会秩序。盖尔·芬尼（Gail Finney）对新女性给出了简明的描述："新女性通常重视自我实现和独立，而不是刻板的女性自我牺牲的理想；信奉法律和性别平等；由于难以将这种平等与婚姻结合起来，常常保持单身；对自己的性取向比'传统女性'更加开放；受过良好教育，博览群书；有一份工作；是运动健将或身体健壮的人，因此，比起传统的女性服装，更喜欢舒适的衣服（有时是男性服装）。"[3]伊莱恩·肖沃尔特（Elaine Showalter）在《她们自己的文学：英国妇女小说家，从勃朗特到莱辛》（*A Literature of Their Own: British Women Novelists from Bronte to Lessing*，1977）中也记述了这一时期女性在文学领域为摆脱父权社会的束缚而做的努力。她总结了女性写作的三个主要历史阶段，1880 年到 1920 年属于女权主义阶段（feminist phase），在这个时期，女性作家开始反抗男权体制对女性的定义，作者们

---

[1]　George Lawrence, trans., J. P. Mayer, ed., *Democracy in America*（Garden City: Doubleday, 1969）, p. 601.

[2]　H. S. Pomeroy, *The Ethics of Marriage*（New York: Funk & Wag-nails, 1888）, p. 128.

[3]　"Henrik Ibsen 'Hedda Habler': The New Woman, " accessed November 18, 2013. http://academic.brooklyn.cuny.edu/english/melani/cs6/newwoman.html.

"描写了女性角色在更强大的男性角色的控制下受到的残酷对待"[1]，将女性的困境戏剧化。一些杰出的男性作家也关注"女性问题"，挑战维多利亚时代的道德准则，支持女性的解放，例如威廉·迪恩·豪威尔斯和亨利·詹姆斯等作家在他们的作品中塑造了"新女性"的形象。亨利·詹姆斯的许多小说和故事都以被法律和社会风俗所约束或限制的女性的困境为主题。詹姆斯的跨大西洋生活方式使他接触到了英国和美国的问题以及女权运动事件。此外，他周围的女性也对他的作品中女性形象的塑造产生了深刻的影响，例如，詹姆斯与许多女性作家保持着长久而亲密的友谊，包括露西·克利福德（Lucy Clifford）、伊迪丝·华顿和康斯坦斯·费尼莫尔·伍尔森，使他对19世纪末"女性问题"（women's issues）有着详细的了解和认识。詹姆斯的妹妹爱丽丝·詹姆斯以及表妹敏妮·坦普尔的自由精神和言论对詹姆斯也影响重大。詹姆斯深刻地意识到19世纪末女性在法律、社会和家庭中的不平等地位。一些历史学家，包括鲁思·博尔丁（Ruth Bordin），认为亨利·詹姆斯在他的小说中推广了"新女性"一词，比如《一位女士的画像》《黛西·米勒》和《波士顿人》。根据鲁思·博尔丁的说法，

---

　　① 另外两个阶段是"女性的"阶段（feminine phase，1840—1880年）和"女人的"阶段（female phase，1970年至今）。在第一阶段，即"女性的"阶段，夏洛特·勃朗特（Charlotte Bronte）、乔治·艾略特（George Eliot）和乔治·桑（George Sand）等作家接受了主流传统对于女性的社会角色的定义。因此，这些女性作者使用男性假名写作，希望能与男性同行的智力和艺术成就相媲美。在第三阶段，即"女人的"阶段，女性作家既反对对男性文学的模仿，也拒绝女性人物的次要地位，肖沃尔特认为，第三阶段的女性主义批评家关心的是培养女性对艺术体验的独特理解，包括对文学形式和技巧的女性分析，试图建构真正的女性文学。三个主要发展阶段表现了女性作家主体意识的觉醒。参见 Charles E. Bressler, *Literary Criticism: An Introduction to Theory and Practice* (Upper Saddle River, New Jersey: Simon& Schuster, 1999), p.184.

"新女性"是亨利·詹姆斯用来形容生活在欧洲的美国侨民的，她们是"富有而敏感的女性，尽管或可能因为她们的财富而表现出一种独立的精神，并习惯于独立行动"①。在《一位女士的画像》中，詹姆斯通过对"新女性"（如亨丽埃塔·斯塔克波尔和伊莎贝尔·阿彻尔）的描写，聚焦于"女性问题"，揭示了维多利亚时代女性的困境。

在《一位女士的画像》的修订版中，亨利·詹姆斯通过将伊莎贝尔·阿彻的意识作为中心，强调她的自由权力，来探讨"女性问题"。詹姆斯在序言中列举了威廉·莎士比亚（William Shakespeare）和乔治·艾略特（George Eliot）作品中的一些女性角色，并承认了她们的重要性。但是詹姆斯指出，在这些作品中，如果没有男性角色的帮助，很难将女性角色安排为中心：

> 他们在把这些弱者作为主题的主要支柱时，从没让她们单独来承担它的重量，……如果说她们在作品中的"重要地位"已经达到了她们所能要求的程度，那么这是在其他许多人的协助下完成的，而这些人都是比她们强得多的男子……②

亨利·詹姆斯意识到，在以前的文学作品中，女性角色在很大程度上被限制在次要的位置，通常是作为支持男性角色的一种方式。而詹姆斯在《一位女士的画像》中要做的就是将女性角色作为小说的中心，在修订版中，

---

① Ruth Birgitta Anderson Bordin, *Alice Freeman Palmer: The Evolution of a New Woman* (Ann Arbor: University of Michigan Press, 1993), p. 2.

② 亨利·詹姆斯：《〈一位女士的画像〉序言》，载《小说的艺术：亨利·詹姆斯文论选》，朱雯等译，上海译文出版社，2001，第288页。

詹姆斯强调了女性角色的价值,通过使用实验性的技巧,将这部小说的重点放在年轻女性的意识上。

此外,亨利·詹姆斯在修订版中赋予伊莎贝尔新的自由观,使她更像一个"新女性"。小说的一开始,伊莎贝尔就发表了个人自由的宣言。关于婚姻,她认为"我不想以结婚来开始我的人生。女人还可以做其他事情"[①]。伊莎贝尔向传统的婚姻观念提出了挑战,反对将婚姻作为女性唯一的追求,拒绝将婚姻作为获取财富和社会地位的工具。她担心她和古德伍德或者沃伯顿勋爵的婚姻会束缚自由,使她成为男性的附属品。婚前的伊莎贝尔是一位独立自主、追求自由的新女性。相比于婚前的伊莎贝尔,许多评论家对婚后伊莎贝尔的女性意识产生了分歧,特别是小说的结尾使评论家产生了误解,认为伊莎贝尔最终被驯服,屈从于父权社会的规则。如尼娜·贝姆(Nina Baym)认为伊莎贝尔回归罗马意味着回归传统和惯例。亨丽埃塔是一个坚强的独立记者,一个通过工作而不是婚姻来实现个人价值的新女性。贝姆声称,与亨丽埃塔不同,伊莎贝尔缺乏工作、训练和纪律,不知道她可能"做"什么才能独立。[②]塞西莉亚·蒂奇(Cecelia Tichi)还认为,詹姆斯否认了新女性的权力。蒂奇指出,伊莎贝尔最终表明自己是"一个传统主义者,而不是一个彻头彻尾的新女性"[③]。与这些批评家的观点不同,

① Robert D. Bamberg(ed.),*The Portrait of a Lady*:*An Authoritative Text*,*Henry James and the Novel*,*Reviews and Criticism*(New York:W. W. Norton & Company,1995),p. 133.

② Nina Baym,"Revision and Thematic Change in *The Portrait of a Lady*,"*The Portrait of a Lady*:*An Authoritative Text*,*Henry James and the Novel*,*Reviews and Criticism*. Ed. Robert D. Bamberg(New York:W. W. Norton & Company,1995),p.631.

③ Cecelia Tichi,"Women Writers and the New Woman,"*Columbia Literary History of the United States*. Ed. Emory Elliott(New York:Columbia University Press,1988),pp. 593—594.

笔者认为虽然伊莎贝尔不是一个叛逆者，但她是一个自给自足的"新女性"。伊莎贝尔珍视自己的选择权，做出自己的判断，拒绝顺从他人的建议："我希望选择自己的命运，了解一些别人认为不适合告诉我的人类事务。"①纽约版赋予了伊莎贝尔更多的智慧，她做出的决定不是随机的，而是理性的。伊莎贝尔拒绝成为别人太阳系中的一颗卫星，她塑造了自己的生活。回到罗马，伊莎贝尔仍然可以寻求自由，有意识的选择本身就是新女性身份的标志。回到罗马是伊莎贝尔追求新自由观的自主选择（如本书前一节所述）。

小说中另一位"新女性"是亨丽埃塔·斯塔克波尔，她是一名来自新大陆的女性记者，受过良好的教育，拥有自己的事业，思想独立，经济独立。伊莎贝尔夸赞她的勇敢，原文说"她很勇敢：这总有好的一面"，修订版改成"她很勇敢：她走进笼子，挥舞着鞭子，就像一位闪闪发光的驯兽师"②。修改后，伊莎贝尔将亨丽埃塔比作"驯兽师"（lion-tamer），一位挑战西方的父权思想的女斗士。亨丽埃塔还被当作美国民主制度的象征，代表了希望、活力、信心和自由，拉尔夫承认她"散发着芳香"改成了"确实散发着未来的气息，这是使人不得不佩服的"③。亨丽埃塔的性格深深地吸引着詹姆斯，詹姆斯在序言中也承认"亨丽埃塔必然是我心目中美好的活跃因素之一"，以至于虽然亨丽埃塔是次要人物，但詹姆斯还是忍不住让

---

① Robert D. Bamberg（ed.），*The Portrait of a Lady*：*An Authoritative Text*，*Henry James and the Novel*，*Reviews and Criticism*（New York：W. W. Norton & Company，1995），p. 143.

② Robert D. Bamberg（ed.），*The Portrait of a Lady*：*An Authoritative Text*，*Henry James and the Novel*，*Reviews and Criticism*（New York：W. W. Norton & Company，1995），p. 86.

③ Robert D. Bamberg（ed.），*The Portrait of a Lady*：*An Authoritative Text*，*Henry James and the Novel*，*Reviews and Criticism*（New York：W. W. Norton & Company，1995），p. 88.

她"频繁出场"。①

　　此外，亨利·詹姆斯在修订的文本中更加突出了维多利亚时代女性在资本主义男权社会所遭遇的不平等境遇。例如，亨丽埃塔认为"欧洲人对女性的态度有些卑鄙"②，拉尔夫在没有见到亨丽埃塔之前也对女性记者带有偏见，认为女记者擅长"语言暴力和人身攻击"③（1881年版为"采访需要勇气"），与他们交流过后，拉尔夫消除了这种刻板印象，发现她"并不像他估计的那样，讲话总是用大号铅字，那种骇人听闻的'标题'上的铅字"④（1881版为"令他惊讶的是，她并不像一位滔滔不绝的健谈者"）。詹姆斯在纽约版中放大了拉尔夫对亨丽埃塔态度的转变，强调了女性受到的传统偏见。正如梅尔夫人在谈到美国人在欧洲漂泊时，她说，女人的处境更糟："在我看来，女人在任何地方都没有天然的容身之处；无论她发现自己在哪里，她只能待在地面上，或多或少得爬着。"⑤詹姆斯通过梅尔夫人揭露了维多利亚时代女性在社会中没有地位和空间，是一种挣扎的状态。在纽约版中，伊莎贝尔更加清楚地认识到女性的弱点。在获得了巨大的财富后，她认为富有"与软弱对立"。在修订后的文本中，詹姆斯在"软

---

① 亨利·詹姆斯：《〈一位女士的画像〉序言》，载《小说的艺术：亨利·詹姆斯文论选》，朱雯等译，上海译文出版社，2001，第295页。

② Robert D. Bamberg（ed.），*The Portrait of a Lady*: *An Authoritative Text*，*Henry James and the Novel*，*Reviews and Criticism*（New York：W. W. Norton & Company，1995），p. 86.

③ Robert D. Bamberg（ed.），*The Portrait of a Lady*: *An Authoritative Text*，*Henry James and the Novel*，*Reviews and Criticism*（New York：W. W. Norton & Company，1995），p. 79.

④ Robert D. Bamberg（ed.），*The Portrait of a Lady*: *An Authoritative Text*，*Henry James and the Novel*，*Reviews and Criticism*（New York：W. W. Norton & Company，1995），p. 80.

⑤ Robert D. Bamberg（ed.），*The Portrait of a Lady*: *An Authoritative Text*，*Henry James and the Novel*，*Reviews and Criticism*（New York：W. W. Norton & Company，1995），p. 171.

弱"（weakness）前添加了"愚蠢的"（stupid），并且将话题引向了女性的境遇："它（富有）是愚蠢的软弱——尤其是女性方面——的优雅的对立面"①。修改后的文本表明伊莎贝尔看到了经济独立为女性获取地位和权力带来的希望。

潘茜是维多利亚传统中女性天使的典型。她从小在修道院长大，性格平和顺从，完全受父亲意志的支配。潘茜首次出场时，詹姆斯将她"自然的"（natural）甜美微笑修改成"固定不变的"②（fixed）甜美微笑。当伊莎贝尔告诉潘茜结婚消息时，潘茜表达了对伊莎贝尔的喜爱：

"您将成为我的继母，但是我们不要用这个名称。您一点都不像这个词所表达的意思，它是那么丑恶。据说她们总是很残忍；但是我认为您永远都不会残忍地对待我。我不害怕。"

"我的小潘茜，"伊莎贝尔温柔地说，"我将对你非常亲切的。"

"那太好了，我没什么好怕的了。"这孩子**高兴地宣布**。（1881年版，黑体为笔者标注）

"您将成为我的继母，但是我们不要用这个名称。据说她们总是很残忍；但是我不认为您会掐我甚至推我一下。我一点

① Robert D. Bamberg（ed.），*The Portrait of a Lady: An Authoritative Text，Henry James and the Novel，Reviews and Criticism*（New York: W. W. Norton & Company，1995），p. 182.

② Robert D. Bamberg（ed.），*The Portrait of a Lady: An Authoritative Text，Henry James and the Novel，Reviews and Criticism*（New York: W. W. Norton & Company，1995），p. 197.

都不害怕。"

"我的小潘茜，"伊莎贝尔温柔地说，"我将永远对你亲切的。"仿佛潘茜向她走过来，**以一种怪异的方式要求她对她亲切一点，这一模糊的不合理的幻象使伊莎贝尔不禁打了个寒战。**

"那太好了，我没什么好怕的了。"这孩子**带着她事先准备好的兴高采烈回来了。**这似乎表明，她到底受过什么样的教育——或者不守规矩会得到什么样的令她害怕的惩罚！①

（1908 年版，黑体为笔者标注）

亨利·詹姆斯修改了潘茜的语言，删除了"丑恶""残忍"这种严肃犀利的词语，而是用了更加礼貌、规矩、得体的语言，同时，詹姆斯也添加了伊莎贝尔对于潘茜言辞以及行为的反应。潘茜的"高兴"变成了"事先准备好的"，让伊莎贝尔感觉她像是为了不受惩罚而故意讨好他人。修订版中消除了潘茜的率真自然，更加突出其驯化、顺从的特性。伊莎贝尔看到了父权思想对女性的压迫和束缚，感到恐惧，当她回伦敦前去修道院与潘茜告别时，她感觉修道院就像"一座设备完善的监狱"（a well-appointed prison），原版中这个地方使伊莎贝尔感到"悲伤"，纽约版中被修改成"冒犯了她，甚至使她感到害怕"②。修道院象征的父权传统和

---

① Robert D. Bamberg（ed.），*The Portrait of a Lady*: *An Authoritative Text*，*Henry James and the Novel*，*Reviews and Criticism*（New York: W. W. Norton & Company, 1995），p. 299.

② Robert D. Bamberg（ed.），*The Portrait of a Lady*: *An Authoritative Text*，*Henry James and the Novel*，*Reviews and Criticism*（New York: W. W. Norton & Company, 1995），p. 456.

规则使伊莎贝尔感到窒息，想要逃离。

奥斯蒙德是父权意识形态的代表。他坚持男性的支配权，认为女性应该成为他们所期望的样子，他将女性物化为个人财产。对他来说，伊莎贝尔不仅是财富的源泉，也是一件珍贵的艺术品。原版中，亨利·詹姆斯为我们提供了奥斯蒙德对伊莎贝尔的浪漫描述，"像四月的云一样明亮和柔软"。修改后，对于奥斯蒙德来说伊莎贝尔"像手中打磨过的象牙那样光滑，得心应手"①。在纽约版中，奥斯蒙德把伊莎贝尔变成了一个小巧而光滑的艺术品，放在他的收藏中，这样他就可以占有它并控制它。婚后的奥斯蒙德不仅想要限制伊莎贝尔的自由，也要控制她的思想，伊莎贝尔幻想中的自由幸福的婚姻演变成了侵略性的、狭隘的父权思想对女性的束缚。至于梅尔夫人，奥斯蒙德把她视为"一件旧衣服"，当他需要她时，梅尔夫人为他受苦，为他牺牲，为他服务，但"如果她被丢掉，他不会想念她"②。同样，对奥斯蒙德来说，甚至他的女儿也是宝贵的财产，是"一笔珍贵而短暂的贷款"③。他将女儿的婚姻作为一笔交易，作为谋求金钱和社会地位的手段。奥斯蒙德试图将女儿嫁给富有的贵族沃伯顿勋爵，不顾潘茜与爱德华·罗齐尔（Edward Rosier）的感情，而潘茜也没有反抗的勇气，最终遵从了父亲的意愿。总的来说，奥斯蒙德把他身边的女性物化为他的财

---

① Robert D. Bamberg（ed.），*The Portrait of a Lady：An Authoritative Text，Henry James and the Novel，Reviews and Criticism*（New York：W. W. Norton & Company，1995），p. 259.

② Robert D. Bamberg（ed.），*The Portrait of a Lady：An Authoritative Text，Henry James and the Novel，Reviews and Criticism*（New York：W. W. Norton & Company，1995），p. 455.

③ Robert D. Bamberg（ed.），*The Portrait of a Lady：An Authoritative Text，Henry James and the Novel，Reviews and Criticism*（New York：W. W. Norton & Company，1995），p. 369.

产和附属物。

到目前为止，我们已经讨论了人物和技术的变化如何导致主题的变化。正如亨利·詹姆斯在前言中所提到的，当他开始创作这幅画像时，他思想的萌芽是一个单一的人物，一位少女的意识。借着重写的机会，他仍然以人物为起点和中心。为了重新描绘伊莎贝尔，詹姆斯对措辞、句子、叙述和隐喻进行了广泛的修改。这些微小变化的集合导致了后来的文本在意义上的巨大变化。《一位女士的画像》不再是一部关于天真美国人与世故的欧洲人之间的文化冲突的小说，因为新版的伊莎贝尔不再天真，而是更加成熟和理智。伊莎贝尔也没有回归传统和规训，相反，伊莎贝尔是一位追求选择自由的"新女性"。

结　语

　　1881 年《一位女士的画像》出版，开创了亨利·詹姆斯小说创作的新阶段。大约四分之一世纪后，亨利·詹姆斯再次与他早期的小说联系起来，为纽约版选集广泛地修改文本。詹姆斯抓住此次机会，为自己建立艺术纪念碑，为读者重新塑造一位成熟的艺术大师的形象。在纽约版选集的第一篇序言中，他把自己比作一个修复旧油画以恢复作品价值的画家，詹姆斯宣称他修改文本的意图是为了揭示"被掩藏的秘密"。为了追求完美，他毫无顾忌地重新审视每一个句子每一段话。詹姆斯认为他的修订并不仅仅是"对原计划的随意阐述或改进"，而是"必要的修订，甚至是转变"①。他不仅对先前的文本进行"美化"，而且将《一位女士的画像》完全翻新，使之成为一个全新的作品。对比早期和晚期《一位女士的画像》两个版本的变化，可以帮助我们思考一部作品在完成其形式时所经历的过程，有助

---

　　① Hershel Parker, *Flawed Texts and Verbal Icons：Literary Authority in American Fiction*,（Evanston：Northwestern University Press, 1984）, p. 106.

于我们考察亨利·詹姆斯早期和晚期创作风格的差异，研究詹姆斯在漫长的四分之一世纪期间思想上和小说技巧上的变化。然而，修订内容的重要性在很大程度上被评论家和读者忽视了。

本书将语境、理论和文本相结合，分析詹姆斯的生活经历和小说理论对《一位女士的画像》修改稿的影响。在对 1881 年版本和 1908 纽约版的人物、写作技巧和主题进行了详细的对比分析后，论证了三者之间的关系。笔者质疑了马尔科姆·考利关于修订版的复杂风格损害了早期作品的观点，论证了詹姆斯对《一位女士的画像》的修订使人物更加立体，技巧更加成熟，主题更加深刻，从而使小说更加戏剧化，意义更加丰富。

人物是亨利·詹姆斯创作小说的萌芽，也是修订的动力。詹姆斯意在消除读者对伊莎贝尔·阿彻尔的歧义，同时詹姆斯也修改了她的周围人物。在纽约版中，伊莎贝尔更加聪明与理智。她不再是天真、冲动和情绪化的美国女孩，而是一个独立和自信的"新女性"。詹姆斯赋予新伊莎贝尔丰富的思想而不是冲动的感情。她对追求者的决定和回应不是盲目的，而是在理性分析下做出的。相应的，她周围其他人物的性格也发生了变化。梅尔夫人被修改为"表演者"，进一步强化了她的虚伪、势利和圆滑。梅尔夫人的共犯吉尔伯特·奥斯蒙德在修订版中也变得更加邪恶和虚伪。而作为告密者，格米尼伯爵夫人的人性被夸张和怪诞的行为所取代。与她相比，伊莎贝尔的同情心和人性受到了强调。此外，詹姆斯加强了拉尔夫对伊莎贝尔的爱。这些角色的改变一方面显示了詹姆斯对人物更加戏剧化的处理方式，另一方面也体现了詹姆斯的小说有机论。

人物的改变需要新的写作技巧的支持。亨利·詹姆斯五年的戏剧尝试（1890 年至 1895 年）深刻地影响了他晚期作品的风格以及小说技巧的发展。

詹姆斯选择"场景法"，主张非个性化叙述。詹姆斯将主动权交给了人物，而不是全知全能的叙述者，让故事中的人物自我表达和展示，把中心放在主人公的意识上。詹姆斯借用了戏剧的方法对纽约版进行修改，给读者留下了更多思考和阐释的空间。最明显的是小说中增加了对伊莎贝尔心理意识的描写，削弱了次要人物的意识，尤其是男性角色的心理意识。詹姆斯把纽约版的《一位女士的画像》变成了一部心理意识的戏剧，减少了作家叙述者"我"对人物和事件的干涉。因此，读者与叙述者可以保持距离，拉近了读者与人物的距离，将人物意识直接呈现在读者面前，留给读者更多的独立思考和判断的空间。此外，詹姆斯还增加了生动的意象，以创造意义延伸的隐喻，同时，将心理意识象征化和符号化，赋予小说丰富和深刻的内涵。詹姆斯在叙述技巧上的修改使得《一位女士的画像》更接近现代主义文学的内倾性、抽象性和象征性。

亨利·詹姆斯对小说局部的修改影响了文本整体。人物和技巧的变化所产生的连锁效应，影响了小说的主题发展。在修订版中，詹姆斯消除了他对美国和欧洲的偏见，更多地表达了世界主义的理想。随着伊莎贝尔在欧洲的经历，美国和欧洲文化之间的冲突减少了，修订版成为了一部有关流亡的美国人寻求身份和生活价值的小说。此外，修订版强化了伊莎贝尔对自由的追求，伊莎贝尔被描绘成一位"新女性"，聪明独立，选择自己的生活。詹姆斯在修订版中消除了小说结尾中伊莎贝尔是否离开的模棱性，而是赋予了伊莎贝尔成熟和理性，使伊莎贝尔懂得了自由的新含义，对自我与社会的关系有了新的理解。

亨利·詹姆斯对纽约版的修订，向我们展示了文本的流动性和开放性。小说是一个动态的、不断变化的有机体。正如新历史主义者所宣称的，像历史一样，"我们与任何文本的互动都是一个动态的、持续的过程，总是有些不完整"①。文本中语言、形式、人物和风格的每一个细微变化都可能改变文本的意义。修订版为亨利·詹姆斯提供了与过去对话的机会，詹姆斯在他的修订版中重新改写了过去，为读者塑造了一个成熟的文学大师的形象。

本书意在为学者们提供一种重新解读经典作品的新视角。亨利·詹姆斯在晚年整理和修订的纽约版选集，集中体现了詹姆斯在小说理论和实践的成就，值得学界进行严肃且持续的批评和关注。除了对修订内容的文本分析外，纽约版的序言、插图，以及詹姆斯与文学经理人、出版社的通信都为詹姆斯的研究提供了丰富的材料和探索的空间。纵观亨利·詹姆斯的纽约修订版，学者可以对詹姆斯写作风格的发展、小说艺术理论、作家身份建构等话题有更加全面和深入的理解。

---

① Charles E. Bressler, *Literary Criticism*: *An Introduction to Theory and Practice*, *Upper Saddle River* (New Jersey: Simon & Schuster, 1999), p. 245.

参考文献

英文书目

［1］Anderson, Quentin. The American Henry James ［M］. New Brunswick: Rutgers University Press, 1957.

［2］Anesko, Michael. "Friction with the Market": Henry James and the Profession of Authorship ［M］. New York: Oxford University Press, 1986.

［3］Anesko, Michael. Ed. Letters, Fictions, Lives: Henry James and William Dean Howells ［M］. Oxford: Oxford University Press, 1997.

［4］Ash, Beth Sharon. Frail Vessels and Vast Designs: A Psychoanalytic Portrait of Isabel Archer ［M］// New Essays on The Portrait of a Lady. Joel Porte, ed. Beijing: Peking University Press, 2007: 123-162.

［5］Auchincloss, Louis. The International Situation: The Portrait of a Lady ［M］// Reading Henry James. Minneapolis: University of Minnesota Press,

1975: 56–70.

[6] Beach, J. W. American Fiction: 1920–1940 [M]. New York: Macmillan Company, 1941.

[7] Bell, Millicent. Ed. Edith Wharton and Henry James: The Story of their Friendship [M]. New York: G. Braziller, 1965.

[8] Besant, Walter. The Art of Fiction [M]. Boston: Cupples, Upham and Company, 1885.

[9] Bordin, Ruth Birgitta Anderson. Alice Freeman Palmer: The Evolution of a New Woman [M]. Ann Arbor: University of Michigan Press, 1993.

[10] Bradbury, Malcolm and James McFarland. Eds. Modernism: 1890–1930 [M]. Middlesex: Penguin Books, 1991.

[11] Bressler, Charles E. Literary Criticism: An Introduction to Theory and Practice [M]. Upper Saddle River: Simon & Schuster, 1999.

[12] Chase, Richard. American Novel and Its Tradition [M]. New York: Doubleday & Company, Inc., 1957.

[13] Chatman, Seymour. The Later Style of Henry James [M]. New York: Barnes & Noble, Inc., 1972.

[14] Culver, Stuart. Representing the Author: Henry James, Intellectual Property and the Work of Writing [M] // Henry James: Fiction as History. Ian F. A. Bell, ed. London and Totowa: Vision and Barnes & Noble, 1985: 114–136.

[15] Eakin, Paul John. The New England Girl [M]. Athens: University of Georgia Press, 1976.

[16] Edel, Leon. Henry James [M] . Minneapolis: University of Minnesota Press, 1960.

[17] Edel, Leon. Henry James: A Life [M] . New York: Harper & Row, Publishers, 1985.

[18] Edel, Leon. Henry James: The Conquest of London 1870 - 1883 [M] . London: Rupert Hart-Davis, 1962.

[19] Elliott, Emory. Ed. The Columbia History of the American Novel [M] . New York: Columbia University Press, 1991.

[20] Elliott, Emory. Ed. Columbia Literary History of the United States [M] . New York: Columbia University Press, 1988.

[21] Fowler, Virginia C. Henry James' s American Girl: The Embroidery on the Canvas [M] . Madison: The University of Wisconsin Press, 1984.

[22] Fryer, Judith. The Faces of Eve: Women in the Nineteenth Century American Novel [M] . New York: Oxford University Press, 1976.

[23] Gard, Roger. Henry James: The Critical Heritage [M] . New York: Barnes and Noble, 1968.

[24] Gordon, Lyndall. A Private Life of Henry James: Two Women and His Art [M] . New York: W. W. Norton & Company, 1998.

[25] Graham, Kenneth. Henry James: A Literary Life [M] . New York: St. Martin' s Press, 1995.

[26] Habegger, Alfred. Henry James and the "Woman Business" [M] . Cambridge: Cambridge University Press, 1989.

[27] Haralson, Eric and Kendall Johnson. Critical Companion to Henry

James: A Literary Reference to His Life and Work [M]. New York: Facts on File, Inc., 2009.

[28] Hay, John. Review of "The Portrait of a Lady" [M] // Henry James and John Hay: The Record of a Friendship. George Monteiro, ed. Providence: Brown University Press, 1965: 69-76.

[29] Hayes, Kevin J. Ed. Henry James: Contemporary Reviews [M]. Cambridge: Cambridge University Press, 1996.

[30] Horne, Philip. Henry James and Revision [M]. Oxford: Clarendon Press, 1990.

[31] Horne, Philip. Ed. Henry James: A Life in Letters [M]. London: The Penguin Press, 1999.

[32] James, Henry. The Ambassadors [M]. Rockville: Serenity Publishers, 2009.

[33] James, Henry. The American Scene [M]. W. H. Auden, ed. New York: Charles Scribner's Sons, 1946.

[34] James, Henry. The Art of the Novel: Critical Prefaces [M]. Richard P. Blackmur, ed. New York: Charles Scribner's Sons, 1934.

[35] James, Henry. The Aspern Papers and Other Stories [M]. Adrian Poole, ed. Oxford: Oxford University Press, 1983.

[36] James, Henry. The Bostonians [M]. Charles R. Anderson, ed. London: Penguin Books, 1984.

[37] James, Henry. The Complete Notebooks of Henry James [M]. Leon Edel and Lyall H. Powers, eds. New York: Oxford University Press, 1987.

［38］James, Henry. The Complete Plays of Henry James ［M］. Leon Edel, ed. New York: Oxford University Press, 1991.

［39］James, Henry. The Golden Bowl ［M］. London: Penguin Books, 2002.

［40］James, Henry. Hawthorne ［M］. London: Macmillan, 1909.

［41］James, Henry. Henry James Letters Vol. 1 ［M］. Leon Edel, ed. Cambridge: Belknap Press, 1974.

［42］James, Henry. Henry James Letters Vol. 2 ［M］. Leon Edel, ed. Cambridge: Belknap Press, 1975.

［43］James, Henry. Henry James Letters Vol. 3 ［M］. Leon Edel, ed. Cambridge: Belknap Press, 1980.

［44］James, Henry. Henry James Letters Vol. 4 ［M］. Leon Edel, ed. Cambridge: Belknap Press, 1984.

［45］James, Henry. Henry James: Literary Criticism Vol. Ⅰ: Essays on Literature, American Writers, English Writers ［M］. Leon Edel, ed., New York: The Library of America, 1984.

［46］James, Henry. Henry James: Literary Criticism Vol. Ⅱ: French Writers, Other European Writers, Preface to the New York Edition ［M］. Leon Edel, ed., New York: The Library of America, 1984.

［47］James, Henry. Henry James: Selected Letters ［M］. Leon Edel, ed. Cambridge: The Belknap Press of Harvard University Press, 1987.

［48］James, Henry. The Notebooks of Henry James ［M］. F.O. Matthissen and Kenneth B. Murdock, eds. New York: Oxford University Press, 1947.

［49］James, Henry. The Portrait of a Lady ［M］. Leon Edel, ed. Boston: Houghton Mifflin, 1963.

［50］James, Henry. The Portrait of a Lady: An Authoritative Text, Henry James and the Novel, Reviews and Criticism ［M］. Bamberg, Robert D., ed. 2nd edition. New York: W.W. Norton & Company, 1995.

［51］Jameson, Fredric. The Political Unconscious: Narrative as a Socially Symbolic Act ［M］. Ithaca: Cornell University Press, 1981.

［52］Kepos, Paula. Ed. Twentieth-Century Literary Criticism Vol. 40 ［C］. Detroit: Gale, 1991.

［53］Lubbock, Percy. The Craft of Fiction ［M］. London: The Travellers Library, 1926.

［54］Margolis, Anne T. Henry James and the Problem of Audience: An International Act ［M］. Ann Arbor: UMI Research Press, 1985.

［55］Matthiessen, F. O. Henry James: The Major Phase ［M］. New York: Oxford University Press, 1944.

［56］Mazzella, Anthony J. The New Isabel ［M］// The Portrait of a Lady: An Authoritative Text, Henry James and the Novel, Reviews and Criticism. Bamberg, Robert D., ed. 2nd edition. New York: W.W. Norton & Company, 1995: 597-619.

［57］McWhirter, David. Henry James's New York Edition: The Construction of Authorship ［M］. Stanford: Stanford University Press, 1995.

［58］McWhirter, David. Ed. Henry James in Context ［M］. Cambridge: Cambridge University Press, 2010.

［59］Miller, James E. Jr. Ed. Theory of Fiction: Henry James ［M］.
Lincoln: University of Nebraska Press, 1972.

［60］Millgate, Michael. Testamentary Acts: Browning, Tennyson, James,
Hardy ［M］. Oxford: Clarendon Press, 1992.

［61］Monteiro, George. Ed. Henry James and John Hay: The Record of a
Friendship ［M］. Providence: Brown University Press, 1965.

［62］Norris, Frank. The Literary Criticism of Frank Norris ［M］. Donald
Pizer, ed. Austin: University of Texas Press, 1964.

［63］Parker, Hershel. Flawed Texts and Verbal Icons: Literary Authority in
American Fiction ［M］. Evanston: Northwestern University Press,
1984.

［64］Poirier, Richard. The Comic Sense of Henry James ［M］. New York:
Oxford University Press, 1960.

［65］Pomeroy, H. S. The Ethics of Marriage ［M］. New York: Funk & Wag-
nails, 1888.

［66］Porte, Joel. Introduction: The Portrait of a Lady and "Felt Life" ［M］
// New Essays on The Portrait of a Lady. Beijing: Peking University
Press, 2007: 1-32.

［67］Powers, Lyall H. The Portrait of a Lady: Maiden, Woman, and Heroine［M］.
Boston: Twayne Publishers, 1991.

［68］Rahv, Philip. Image and Idea ［M］. Norfolk: New Directions, 1949.

［69］Rowe, John Carlos. Ed. The Theoretical Dimensions of Henry James ［M］.
Madison: The University of Wisconsin Press, 1984.

［70］Skrupskelis, Ignas K. and Elizabeth M. Berkeley. Eds. William and Henry James: Selected Letters ［M］. Charlottesville: University Press of Virginia, 1997.

［71］Stone, Donald David. Novelists in a Changing World: Meredith, James, and the Transformation of English Fiction in the 1880' s ［M］. Cambridge: Harvard University Press, 1972.

［72］Sullivan, Hannah. The Works of Revision ［M］. Cambridge: Harvard University Press, 2013.

［73］Tichi, Cecelia. Women Writers and the New Woman ［M］// Columbia Literary History of the United States. Emory Elliott, ed. New York: Columbia University Press, 1988: 589-606.

［74］Tocqueville, Alexis de. Democracy in America ［M］. George Lawrence, trans. J. P. Mayer, ed. Garden City: Doubleday, 1969

［75］Toming. A History of American Literature ［M］. Nanjing: Yilin Press, 2002.

［76］Veeder, William. The Portrait of a lack ［M］. New Essays on The Portrait of a Lady. Joel Porte, ed. Beijing: Peking University Press, 2007: 95-121.

［77］Wegelin, Christof. The Image of Europe in Henry James ［M］. Dallas: Southern Methodist University Press, 1958.

［78］Zacharias, Greg W. Ed. A Companion to Henry James ［M］. Oxford: Wiley-Blackwell, 2008.

英文期刊

［1］Baym，Nina. Revision and Thematic Change in The Portrait of a Lady ［J］. Modern Fiction Studies，1976，22（2）：183–200.

［2］Bazzanella，Dominic J. The Conclusion to The Portrait of a Lady Re-examined ［J］. American Literature，1969（41）：55–63.

［3］Brownell，W. C. Review of "The Portrait of a Lady" ［J］. The Nation，1882（34）：102–103.

［4］Collins，Martha. The Narrator，the Satellites，and Isabel Archer：Point of View in The Portrait of a Lady ［J］. Studies in the Novel，1976（8）：142–157.

［5］Cowley，Malcolm. The Two Henry James ［J］. New Republic，February 5，1945：177–179.

［6］Edel，Leon. The Myth of America in "The Portrait of a Lady" ［J］. The Henry James Review，1986（7）：8–17.

［7］Edwards，Herbert. James and Ibsen［J］. American Literature，1952（24）：208–223.

［8］Howells，William Dean. Henry James，Jr. ［J］. The Century，1882，25（1）：25–29.

［9］Howells，William Dean. My Favorite Novelist and His Best Book ［J］. Munsey's Magazine，1897，17（1）：18–25.

［10］Krause，Sydney J. James's Revisions of the Style of The Portrait of the Lady ［J］. American Literature，1958（30）：67–88.

［11］Niemtzow, Annette. Marriage and the New Woman in The Portrait of a Lady ［J］. American Literature, 1975, 47（3）: 377-395.

［12］Oliphant, Margaret. Review of "The Portrait of a Lady" ［J］. Blackwood's Edinburgh Magazine, 1882（131）: 374-383.

［13］Powers, Lyall H. Visions and Revisions: The Past Rewritten ［J］. The Henry James Review, 1986（7）: 105-116.

［14］Scudder, H. E. Review of "The Portrait of a lady" ［J］. The Atlantic Monthly, 1882（49）: 127-128.

［15］Sedgwick, Ellery. Henry James and the Atlantic Monthly: Editorial Perspectives on James's "Friction with the Market"［J］. Studies in Bibliography, 1992（45）: 311-332.

［16］Warren, Austin. Myth and Dialectic in the Later Novels ［J］. Kenyon Review, 1943（5）: 551-568.

［17］Warren, Jonathan. Imminence and Immanence: Isabel Archer's Temporal Predicament in The Portrait of a Lady ［J］. The Henry James Review, 1933（14）: 1-16.

［18］Well, Kate Gannet. The Transitional American Woman ［J］. The Atlantic Monthly, December 1880: 817-823.

［19］Westervelt, Linda A. "The Growing Complexity of Things": Narrative Technique in The Portrait of a Lady ［J］. The Journal of Narrative Technique, 1983（13）: 74-85.

学位论文

［1］Lucas，John S. Henry James' Revisions for His Short Stories ［D］. University of Chicago，1948.

［2］Murphy，James Gerald. An Analysis of Henry James's Revisions of the First Four Novels of the New York Edition ［D］. University of Delaware，1987.

网络资源

［1］"Henrik Ibsen 'Hedda Hablei': The New Woman". ［2013-11-18］. http：//academic.brooklyn.cuny.edu/english/melani/cs6/newwoman.html.

中文书目

［1］程锡麟，王晓路.当代美国小说理论［M］.北京：北京外语教育出版社，2001.

［2］代显梅.传统与现代之间：亨利·詹姆斯的小说理论［M］.北京：社会科学文献出版社，2006.

［3］代显梅.亨利·詹姆斯笔下的美国人［M］.北京：中国人民大学出版社，2007.

［4］刁克利.西方作家理论研究［M］.北京：外语教学与研究出版社，2005.

［5］F. R. 利维斯.伟大的传统［M］.袁伟，译.上海：生活·读书·新知三联书店，2009.

［6］亨利·詹姆斯.亨利·詹姆斯书信选集［M］.师彦灵，译.兰州：甘肃人民出版社，2016.

［7］亨利·詹姆斯．小说的艺术：亨利·詹姆斯文论选［M］．朱雯，等译．上海：上海译文出版社，2001．

［8］亨利·詹姆斯．一位女士的画像［M］．项星耀，译．北京：人民文学出版社，2013．

［9］迈克尔·格洛登，等．霍普金斯文学理论和批评指南（第2版）［M］．王逢振，等译．北京：外语教学与研究出版社，2011．

［10］毛亮．自我、自由与伦理生活：亨利·詹姆斯研究［M］．北京：北京大学出版社，2015．

［11］萨克文·伯科维奇．剑桥美国文学史（第三卷）［M］．蔡坚，等译．北京：中央编译出版社，2010．

［12］申丹，王丽亚．西方叙事学：经典与后经典［M］．北京：北京大学出版社，2017．

［13］托马斯·福斯特．如何阅读一本小说［M］．梁笑，译．海口：南海出版社，2015．

［14］王敏琴．亨利·詹姆斯小说理论与实践研究［M］．长沙：湖南人民出版社，2007．

［15］王银瓶．亨利·詹姆斯与三种思想文化思潮［M］．上海：上海交通大学出版社，2015．

［16］威廉·詹姆斯．心理学原理［M］．唐钺，译．北京：北京大学出版社，2013．

中文期刊

［1］陈丽．伊莎贝尔的自由观——亨利·詹姆斯的《一位女士的画像》［J］．

外国文学研究，2002（1）：80-86.

［2］代显梅.亨利·詹姆斯的欧美文化融合思想刍议［J］.外国文学评论，
2000（1）：52-61.

［3］刁克利.旁观者清——论亨利·詹姆斯的小说创作视角［J］.外语教
学，2007（2）：62-65.

［4］蒋晖.英美形式主义小说理论的基石：亨利·詹姆斯的《小说的艺术》
［J］.清华大学学报（哲学社会科学版），2014（1）：86-99.

［5］李文娟.小说《梅西所知》的双重叙事视角解析［J］.河北大学学报（哲
学社会科学版），2018（4）：28-33.

［6］毛亮.自我的重构：《一位女士的画像》中的婚姻与自我［J］.国外
文学，2009（1）：46-55.

［7］蒲度戎，白陈英.《一位女士的画像》的圣经原型解读［J］.英美文
学研究论丛，2009（2）：217-226.

［8］申丹."整体细读"与经典短篇重释［J］.四川外语学院学报，2008（1）：
1-7.

［9］王丽亚.新中国六十年亨利·詹姆斯小说研究之考察与分析［J］.浙
江大学学报（人文社会科学版），2013（2）：131-138.

［10］王敏琴.亨利·詹姆斯的叙事角度及其发展轨迹［J］.外国文学，
2003（2）：75-79.

［11］王庆.亨利·詹姆斯作品中的"美国性"建构［J］.四川外国语学
院学报，2008（2）：55-58.

［12］王艳文.《贵妇人画像》中隐喻的叙事功能研究［J］.甘肃社会科学，
2009（6）：64-66.

［13］王跃洪.亨利·詹姆斯与现代主义［J］.西安外国语大学学报,2018(4):
119–123.

［14］魏钟.从全知视角到有限视角——论亨利·詹姆斯对小说叙事角度
的创新［J］.南京师大学报（社会科学版），2002（2）：131–135.

［15］杨静.《一位女士的画像》中人物形象的女性主义解读［J］.烟台大
学学报（哲学社会科学版），2012（3）：36–40.

［16］张禹九.深中肯綮的修正：詹姆斯《贵妇人的画像》修改举隅［J］.
外国文学，1987（11）：59–63.

大事年表

1843 年　亨利·詹姆斯于 4 月 15 日出生于纽约市华盛顿广场 21 号，父亲是来自奥尔巴尼的亨利·詹姆斯，母亲是来自纽约的玛丽·罗伯逊·沃尔什（Mary Robertson Walsh）。哥哥威廉·詹姆斯出生于 1842 年 1 月 11 日。

1843—1844 年　随父母到欧洲的巴黎和伦敦旅行。

1845—1846 年　弟弟加思·威尔金森·詹姆斯（Garth Wilkinson James）于 1845 年 7 月 21 日出生于纽约，罗伯逊·詹姆斯（Robertson James）出生于 1846 年 8 月 29 日。

1847—1848 年　在奥尔巴尼逗留后，詹姆斯一家在纽约市西 14 街 58 号的大房子里安顿下来。爱丽丝·詹姆斯，家中唯一的女儿，出生于 1848 年 8 月 7 日。

1848—1855 年　亨利·詹姆斯参加各种走读学校，但没有受到系统的教育；经常出入曼哈顿的剧院、演讲厅和博物馆，接触艺术。

1855—1858 年　在日内瓦、伦敦、巴黎等地的学校上课，并接受私人辅导。

1858年　詹姆斯一家回到美国；与T.S.佩里（T. S. Perry）和约翰·拉·法吉（John La Farge）成为朋友，拉·法吉向亨利·詹姆斯推荐了巴尔扎克的小说，这对詹姆斯的写作生涯产生了重要而持久的影响。

1859年　在日内瓦上科学学校，在波恩学习德语。

1860年　詹姆斯一家回到美国的纽波特；作为志愿消防员时，受到了"隐晦的伤害"，可能是严重的背部劳损；研究绘画；弟弟们参加内战。

1862—1863年　在哈佛大学法学院度过了一个学期；并开始短篇故事的写作。

1864年　詹姆斯一家先搬到波士顿，然后在剑桥昆西街20号定居。亨利·詹姆斯在《大陆月刊》（*Continental Monthly*）上发表了早期的匿名故事《错误的悲剧》（"A Tragedy of Error"），并开始为《北美评论》撰写书评；秋天在马萨诸塞州北安普顿度过。

1865年　开始为《国家》撰写评论。第一个署名的短篇故事《一年的故事》（"Story of a Year"），关于内战对年轻人幻想造成的破灭性影响，发表在《大西洋月刊》上。

1866—1868年　詹姆斯举家迁往马萨诸塞州的剑桥；与《北美评论》的编辑查尔斯·艾略特·诺顿（Charles Eliot Norton）建立了职业关系。

1869—1870年　独自去英国、法国和意大利旅行；在英国时收到亲爱的表妹敏妮·坦普尔去世的消息。

1870—1871年　回到剑桥，撰写小说《日夜守卫》（*Watch and Ward*），在《大西洋月刊》连载；开始与威廉·迪安·豪威尔斯的亲密友谊。

1872—1874年　詹姆斯再次横渡大西洋，与妹妹爱丽丝和凯特阿姨在欧洲度过夏天；仍在国外为《国家》杂志撰写旅行札记；在巴黎度过秋天，在罗马度过冬天。在巴黎结识了詹姆斯·拉塞尔·洛威尔；开始创作《罗德里克·哈德森》。

1874—1875 年　回到美国，完成了《罗德里克·哈德森》的写作；为《国家》杂志撰写了很多文学新闻。

1875 年　出版了早期的三部作品：《跨大西洋见闻录》《罗德里克·哈德森》和短篇故事集《热情的朝圣者》；决定居住在巴黎。

1875—1876 年　与屠格涅夫、福楼拜、都德、左拉、莫泊桑相识；创作《美国人》；逃离巴黎，搬到伦敦，住在博尔顿街 3 号；重新访问欧洲大陆的巴黎、佛罗伦萨和罗马。

1878 年　在伦敦出版的《黛茜·密勒》使詹姆斯声名鹊起；出版了第一部文学评论集《法国诗人和小说家》（*French Poets and Novelists*）。

1879—1882 年　出版《欧洲人》《华盛顿广场》《自信》（*Confidence*）和《一位女士的画像》，以及文学传记《论霍桑》；参加伦敦俱乐部，被英国社会所接受，观察和研究英国人的生活和礼仪，结交了许多来自大西洋彼岸的朋友；与美国著名小说家詹姆斯·费尼莫尔·库珀（James Fenimore Cooper）的外甥女康斯坦斯·费尼莫尔·伍尔森成为朋友。

1882—1883 年　重游波士顿，第一次去华盛顿特区，会见了总统切斯特·A. 亚瑟（Chester A. Arthur），并拜访了亨利·亚当斯（Henry Adams）；母亲去世，回到剑桥参加葬礼；返回伦敦；父亲去世，再次穿越大西洋到纽约。

1884—1886 年　弟弟加斯·威尔金森死于密尔沃基；妹妹爱丽丝来到伦敦；发表散文《小说的艺术》，出版 14 卷的短篇故事集《三个城市的短篇故事》（*Tales of Three Cities*）；陪同爱丽丝到伯恩茅斯养病，与罗伯特·路易斯·史蒂文森成为好友；创作《波士顿人》和《卡萨玛西玛公主》。

1886 年　移居伦敦的德维尔花园。

1887 年　长期旅居意大利，主要在佛罗伦萨和威尼斯；创作《阿斯彭文稿》和《反射镜》（*The Reverberator*）。

1888 年　出版《不完全的画像》（*Partial Portraits*）和一些故事集，如《伦敦生活》（*A London Life*）。

1889—1890 年　创作《悲剧的缪斯》；凯特姨妈去世。

1890—1891 年　对《美国人》进行戏剧的改编并在伦敦上演；创作了四部喜剧，但没有找到制片人。

1892 年　爱丽丝·詹姆斯在伦敦去世；与 W.莫顿·富勒顿（W. Morton Fullerton）成为好友。

1894 年　伍尔森小姐在威尼斯去世，好友史蒂文森去世。

1895 年　《盖伊·多姆维尔》演出的第一个晚上，亨利·詹姆斯就被观众喝倒彩；极度沮丧的他放弃了戏剧，写了一系列鬼故事和有关作家文学生活的故事。

1896—1897 年　创作《波因顿的战利品》和《梅西所知道的》；乔治·杜·莫里埃去世；因手腕疼痛雇了一名速记员，听写成为他创作的首选方法。

1898 年　搬到苏塞克斯郡的莱伊的兰姆别墅；创作《螺丝在拧紧》（"The Turn of the Screw"）。

1899—1900 年　创作《尴尬年代》和《圣泉》（*The Sacred Fount*）；与约瑟夫·康拉德、福特·马多克斯·福特（Ford Madox Ford）、H. G. 威

尔斯（H. G. Wells）和斯蒂芬·克莱恩（Stephen Crane）结识；聘请詹姆斯·布兰德·平克作为专业的文学经理人。

1902—1904 年　出版《奉使记》《鸽翼》和《金碗》；与雕塑家亨德里克·安德森（Hendrik Andersen）和盎格鲁–爱尔兰社交名流乔斯林·佩尔斯（Jocelyn Persse）的友谊；与伊迪丝·华顿结识并建立了亲密的友谊。

1905 年　时隔 20 年后重返美国；前往西海岸和佛罗里达，进行有关巴尔扎克和美国语言模式的演讲。

1906—1910 年　创作《美国景象》以及最后的短篇小说；编辑和修改 24 卷的纽约版的小说和短篇故事集；出版游记《意大利时光》（*Italian Hours*）。

1910 年　与哥哥威廉回到美国，不久后威廉死于心脏病；弟弟罗伯逊在马萨诸塞州的康科德去世；哈佛大学授予詹姆斯荣誉学位。

1911—1912 年　尽管体弱多病，仍坚持创作自传《一个小男孩和其他》以及《身为儿子和兄弟的笔记》；最后一次离开美国，搬到伦敦卡莱尔大厦的公寓。

1913 年　詹姆斯 70 岁，约翰·辛格尔·萨金特（John Singer Sargent）画了一幅詹姆斯的肖像作为生日礼物。

1914 年　出版《小说家随笔》（*Notes on Novelists*）；开始创作《象牙塔》（*The Ivory Tower*）；一战爆发，探访战争医院的伤员。

1915 年　成为英国臣民；12 月遭受中风。

1916 年　英王乔治五世颁发功绩勋章；亨利·詹姆斯于 2 月 28 日病逝，享年 72 岁；葬礼在切尔西老教堂举行。